www.tredition.de

AF185713

Ralf Göhrig

Lotty

Erzählung

www.tredition.de

© 2018 Ralf Göhrig

Verlag und Druck: tredition GmbH, Hamburg

ISBN
Paperback: 978-3-7469-7215-2
Hardcover: 978-3-7469-7216-9
e-Book: 978-3-7469-7217-6

Inhalt

1. Kapitel - Lotty

Lotty Foster betrachtete ihr Spiegelbild im Badezimmer ihrer kleinen 3-Zimmer-Wohnung im Londoner Ortsteil Highbury, hier wo London noch den kleinbürgerlichen Charme der Nachkriegszeit bewahren konnte und nicht von sterilen Gebäudekomplexen aus Stahl und Glas geprägt war. Dennoch hatte auch Highbury seinen Charakter in den vergangenen einhundertfünfzig Jahren markant verändert. Der Begriff der Gentrifizierung wurde hier erfunden, als nach und nach Mittelschichtfamilien hierher zogen und die alteingesessene Arbeiterklasse verdrängte. Doch daran verschwendete Lotty in diesem Augenblick überhaupt keinen Gedanken.

Ihr Augenmerk fiel auf die einzelnen silbernen Fäden, die ihre schwarze Löwenmähne durchzogen. Lotty fühlte sich schlagartig uralt, dabei war sie noch nicht einmal dreißig. Sie musterte jeden Quadratzentimeter ihres Gesichts, konnte jedoch, außer dem Grübchen unterhalb der linken Wange, keine Unregelmäßigkeiten erkennen. Ihre dunklen Augen lagen in mandelförmigen Höhlen, was ihr einen leicht orientalischen Touch verlieh. Sie lächelte ihr Spiegelbild an und war, als sie die gleichmäßigen Reihen ihrer weißen Zähne erblickte, doch wieder zufrieden mit ihrem Aussehen. Obwohl ihr die Nase einen Tick zu spitz und der Busen eine Nummer zu klein erschien. Außerdem fühlte sie sich mit ihren

1,78 ein paar Zentimeter zu groß. Zumindest wenn sie in einem Klamottenladen vor den Regalen stand und feststellen musste, dass es in ihrer Größe einfach nichts gab. Jedenfalls nichts, was eine junge Frau anziehen könnte oder möchte.

Auch jetzt hatte Lotty einen ganzen Kleiderberg auf ihrem Bett angehäuft, sich bis auf ihren Lieblingsslip aber noch in keiner Weise für etwas entscheiden können. Eigentlich wollte sie an diesem Freitagabend nur mit ein paar Freundinnen durch die Straßen ziehen und das eine oder andere Pub ansteuern. Da konnte die Kleidungswahl doch nicht so schwer sein. Nun, sie war es, denn Lotty bewegte sich schon seit dreißig Minuten zwischen Schlaf- und Badezimmer hin und her, ohne auch nur im Geringsten zu wissen, was sie anziehen sollte. Sie hatte einfach nichts in ihrem ausladenden Kleiderschrank und daher musste sie umgehend auf Shoppingtour gehen.

Nach einer weiteren halben Stunde hatte es Lotty tatsächlich geschafft und stand in roter Jeans und schwarzem Spitzentop abermals vor dem Spiegel und trug einen vampirroten Lippenstift auf. Wirkte das nicht zu nuttig? Lotty war unsicher – ach scheiß drauf, dachte sie, nach dem ersten Bier ist die Farbe ohnehin weitgehend verschwunden.

Sie hatte sich mit ihren beiden Freundinnen, Louise und Emma im Lamb, einem gemütlichen Pub in der Holloway Road, rund 250 Meter südlich des Emirates Stadiums getroffen. Beide saßen schon vor einem fast geleerten Pint und begrüßten sie freundlich.

„Nur eine halbe Stunde zu spät, das ist ja fast pünktlich für deine Verhältnisse."

„Lou, du weißt doch, wäre ich pünktlich, würde dein Weltbild zusammenbrechen. Und das will ich verhindern."

„Du kannst uns gleich noch ein Bier und die Speisekarte mitbringen bevor du dich zu uns setzt", meinte Emma und Lotty nickte ihr zu. Eigentlich war ihr Name Charlotte, doch sie hasste diesen Namen. In Wirklichkeit hasste sie ihre Tante, nach der sie benannt worden war - als gäbe es keine schönen Namen für ein neu geborenes Mädchen, als den der eigenen Schwester. Wie konnte ihre Mutter ihr nur so etwas antun? Charlotte, das klang so altbacken, da war die Lotty doch schon viel frecher und frischer, eben so wie sie selbst war.

Louise und Emma kannte sie schon seit etlichen Jahren aus einem gemeinsamen Urlaub in Zypern. Dort hatten sie im gleichen Hotel gewohnt, waren alle drei in einer ähnlichen Situation – sie hatten sich von ihrem Freund getrennt, oder er von ihnen – und seit damals waren sie auf der Suche nach einem jeweiligen Nachfolger. So richtig erfolgreich gestaltete sich dieses Unterfangen jedoch nicht, was den drei Mädels aber letztlich gleich war. Während Lotty in

Highbury wohnte, lebte Louise mit ihrer Schwester in Greenwich und Emma in einer WG in Wood Green, im Norden Londons. Doch so groß die Stadt auch war, mit der U-Bahn waren es nur ein paar Stationen, die in wenigen Minuten passiert werden konnten. Und während sich die drei in der vergangenen Woche in Greenwich getroffen hatten, war heute Highbury und in der kommenden Woche Wood Green an der Reihe.

Professionell bugsierte Lotty die drei Pints in den Händen und die Speisekarte unter der Achsel eingeklemmt zum Tisch der beiden.

„Cheers", sagte sie, nachdem sie sich gesetzt hatte und trank einen gewaltigen Schluck.

„Und, wie war dein Tag, Lotty?", fragte Emma neugierig.

Diese wischte sich den Schaum ihres Lagers von den Lippen und strich sich eine ihrer unbändigen Strähnen aus dem Gesicht. „Spannend. Ich habe ein altes Tagebuch meines Großvaters gefunden."

„Und?"

Lottys Großmutter war vor rund einem Jahr gestorben und hatte ihrer einzigen Enkelin ein kleines Häuschen in Warlingham, einem Dorf im Süden Londons hinterlassen. Und jetzt, nachdem die notwendigen Formalitäten erledigt waren, die Trauer sich weitgehend gesetzt hatte, begann Lotty langsam, das Anwesen in Besitz zu nehmen. Dazu war es natürlich zuallererst einmal notwendig, alles zu sichten und dann auszuräumen, was nicht mehr zu verwenden war. Nach und nach wollte Lotty das Häuschen dann beziehen. Ihre Eltern hatten keinen Bedarf an dem Haus, sie lebten in einem noblen Haus in Belgravia, und Lottys Bruder war mit einer Australierin verheiratet und hatte den englischen Nebel mit der südlichen Sonne getauscht. Also war es nur naheliegend, dass Lotty das Haus erbte, wenngleich sie sich bis zum Tod der Großmutter keine Gedanken darüber gemacht hatte.

„Du, da gibt es so viele Erinnerungen, ich glaube, ich komme gar nicht dazu, mich dort einzurichten."

„Mich schmerzt es schon heute, dich da auf dem flachen Land leben zu wissen", sagte Louise mit leidendem Unterton.

„Also Warlingham ist nicht am Ende der Welt, es ist noch innerhalb des Londoner Verkehrsnetzes, wenn auch am äußersten Ende. An unserem Freitagabend müssen wir da nicht viel ändern. Vielleicht scheiden die Nordlondoner Vororte aus."

Eine müde aussehende Frau mittleren Alters kam angeschlurft und nahm die Bestellungen auf.

„Jetzt erzähl mal, was steht da in dem Tagebuch drin?", bohrte Emma nach.

„Ich habe es nur durchgeblättert, so ganz habe ich es noch nicht verstanden, aber es stammt aus dem Krieg."

„Kriegserlebnisse?"

„Vermutlich auch. Wenn ich es richtig entziffert habe wird der Luftkrieg um England beschrieben, aber nicht der erste von 1940 sondern ein zweites Angriffsunternehmen im Winter 1944, also rund ein Jahr vor Kriegsende. Ich habe aber alles nur schnell überflogen."

„Wo ist das Buch?", fragte Emma ungeduldig.

„Zu Hause, glaubst du, ich schleppe das Buch in einen Pub mit, damit du Bier darüber schüttest?"

„Und sonst?"

„Du kannst ja morgen Früh mitkommen und mir beim Ausräumen helfen. Ein großer 10 Kubikmeter Container steht schon im Garten."

„Kann leider nicht. Schon was vor."

„Ich helfe dir gerne", bot sich Louise an.

In der Zwischenzeit watschelte die Frau mit dem Essen an den Tisch. Lotty und Emma hatten Fisch und Kartoffeln, Louise den Gemüseeintopf gewählt.

„Und was läuft bei Euch?", fragte Lotty während sie mit einer Gräte kämpfte.

„Gar nichts", meinte Louise. „Die Schüler sind frech, wie eh und je und weigern sich, das zu lernen, was ich ihnen beibringen will."

„Wird wohl an der Lehrerin liegen", gab Lotty lachend zurück.

Louise runzelte die Stirn und Lotty konnte darauf förmlich lesen: Versuche du das erst mal mit diesen verzogenen Bälgern.

„Ich habe da so einen Typen kennen gelernt", sagte Emma plötzlich.

„So?", rief Louise verwundert aus. „Was ist das für ein Typ?"

„Interessant."

„Und sonst? Wie alt, wie sieht er aus, was macht er beruflich, hat er Geld?", sprudelte es aus Louise hervor.

„Seinen Kontoauszug hat er mir nicht gezeigt. Sagte er käme aus Liverpool, sei jedoch beruflich viel unterwegs."

„Hast du ein Bild auf deinem Handy?"

„Wo denkst du denn hin, Louise? Ich habe ihn vor zwei Tagen in einer netten Bar in Richmond getroffen. Und dort will ich ihn morgen wieder treffen."

„Mach's nur mit Gummi", riet ihr Lotty.

„Ach ihr seid alle so eindimensional. Als ob es nur um das Eine ging."

„Ist das nicht so?", fragte Louise mit einer gespielten Kleinmädchenstimme.

„Na ja, es gibt wohl auch noch andere Dinge."

„Ja, Schach spielen, zum Beispiel", antwortete Lotty lapidar.

„Ach kommt, ich hole nochmal eine Runde Bier."

„Gute Idee, aber du kannst ruhig noch was über diesen Liverpooler erzählen. Sonst hättest du ja gar nicht anfangen müssen. Wer A sagt, muss auch B sagen."

„Das sind ein Pfund ins Phrasenschwein", meinte Lotty.

„Was für ein Ding?"

„Entschuldigung, das ist meine deutsche Seite. Da gibt es eine Talkshow über Fußball im deutschen Fernsehen und jeder der eine abgedroschene Floskel von sich gibt, muss einen Betrag in ein Sparschwein werfen."

„Ach, ich vergaß, du bist ja zu 25 Prozent ein Kraut."

„Besser als ein halber Jock, nicht wahr, Emma?"

„Fangt jetzt bloß nicht an zu streiten", versuchte Louise den beginnenden Disput zu bremsen.

„Also, was ist jetzt mit dem Mann aus Liverpool?"

„Es gibt ihn. Er ist nett, eloquent, sieht gut aus, nicht so ein Kraftprotz, wie dieser Typ aus Aldershot."

„In Aldershot gibt es nur stramme Männer. Home of the british army. Wer steht schon auf Soldaten, die haben nur Stroh im Kopf", meinte Louise.

„Na ja, immerhin war er unten rum gut bestückt", meinte Emma und die drei Frauen begannen so laut loszugackern, dass sich das ganze Pub nach ihnen umdrehte.

„Wir fliegen hier noch raus", meinte Lotty trocken.

„Nicht so lange wir hier die besten Kunden sind", antwortete Emma, die dabei versuchte, ihre Atmung wieder in den Griff zu bekommen. „Ich glaube, ich darf nichts mehr trinken, sonst rede ich nur noch Unsinn."

„Dabei fängt der Abend doch erst an."

„Ja, Louise, aber ich habe morgen was vor und will nicht, dass ein Kater in der Größe eines sibirischen Tigers mich dabei stört."

„Verstehe. Bei der nächsten Runde hole ich dir ein Mineralwasser", bemerkte Lotty.

„Na ja, Bier hat ja nicht wirklich so viel Alkohol. Ich trinke halt etwas langsamer."

Aus dem Vorhaben wurde dann aber nichts. Lotty und Louise hatten alle Mühe, ihre Freundin nach Hause zu bringen. Denn während die beiden erstgenannten beim Bier blieben, wechselte Emma irgendwann zum Whisky.

„Sie ist eben doch ein verdammter Jock", sagte Lotty lachend zu Louise, als sie Emma in die U-Bahn schleppten.

Nach einem tiefen und erstaunlich ruhigen Schlaf wurde Lotty durch das Geschrei der Nachbarskinder im Garten geweckt. Ihr erster Blick galt dem Wecker, der 8:13 Uhr anzeigte. Also Zeit aufzustehen. Das Haus der Großmutter wartete darauf entrümpelt zu werden. Wenn sie Glück hatte, würde ihr Louise dabei helfen und vielleicht auch Sharon.

Lotty sprang aus dem Bett, ging ins Badezimmer und versuchte dort die Wassertemperatur der Dusche auf ein erträgliches Maß einzustellen. Ein hoffnungsloses Unterfangen. Entweder der Wasserstrahl war zu heiß oder zu kalt – wobei, von einem Strahl konnte nicht die Rede sein. Der Begriff Rinnsal war fast noch zu optimistisch. Sie beschloss augenblicklich für die Sanierung des großmütterlichen Hauses ein deutsches Sanitärunternehmen zu engagieren, denn wenn die Deutschen, bei aller Ambivalenz, die sie gegen die Landsleute ihres Großvaters empfand, eines konnten, dann war es die Installation funktionierender Wassermischbatterien.

Noch bevor sie ihr Frühstück, zwei Stück Toast und eine Tasse Tee, wie jeden Morgen, zu sich genommen hatte, suchte Lotty nach dem Tagebuch, um es sich genauer anzuschauen. Wenn es das

Tagebuch ihres Großvaters war, dann ging es darin auch um ihre eigene Geschichte. Und nachdem der Großvater schon vor einiger Zeit, die Großmutter nun aber auch verstorben war, vermochte Lotty auch kein falsches Schamgefühl erkennen. Nur das Interesse über Dinge, die bislang nie ein Thema in der Familie Foster waren. Die offizielle Version war die gewesen:

Hans Förster war Kriegsgefangener, arbeitete bei einem Farmer bei Dartford in Kent. Ihm gefiel England und da seine Heimat in Ostpreußen in russische Hände gefallen war, blieb er nach dem Ende der Kriegsgefangenschaft, änderte kurzerhand seinen Namen von Förster in Forster. Dabei ging irgendwie das erste „r" verloren und aus Johannes (Hans) Förster wurde John Foster. Schließlich erhielt er die britische Staatsbürgerschaft und dass er eigentlich Deutscher war, wusste letztlich kaum jemand. Und es interessierte auch niemanden. Erst später, ab den 1980er Jahren fand ihr Großvater zurück zu seinen deutschen Wurzeln. Er erzählte zwar nicht viel über die Vergangenheit, hatte Lotty und ihrem Bruder aber die deutsche Sprache beigebracht, da er, wohl auf Drängen der Großmutter, ausschließlich Deutsch mit seinen Enkeln sprach. Und so kam es, dass Lotty als junge Engländerin Deutsch mit einer sehr starken ostpreußischen Sprachfärbung sprach, was wiederum, für Deutsche jedenfalls, ziemlich kurios erschien.

Dass sie der deutschen Sprache mächtig war, es nicht nur sprechen sondern auch lesen und schreiben konnte, wurde jetzt, da sie das Tagebuch in Händen hielt, zum entscheidenden Faktor. Sie konnte lesen, was ihr Großvater vor mehr als 70 Jahren geschrieben hatte.

2. Kapitel - Getreide

Der Wind strich über das Getreidefeld und die Ähren tanzten in würdevollen Wogen unter dem tiefblauen Himmel, verbeugten sich und richteten sich wieder auf, gewaltiges Tosen, wie ein goldenes Meer. Das Feld lag in einer Senke und erstreckte sich weit nach Norden bis zu dem Kiefernwald, der sich in einem leichten Abhang dem Meer entgegenneigte. Inmitten des Getreidefeldes stand eine uralte Rotbuche, was insofern eine Besonderheit darstellte, als diese Baumart schon viel weiter südwestlich ihre Verbreitungsgrenze hatte. Nun lag es vielleicht an der Nähe zum Meer und einer besonderen Fürsorge, die die Menschen diesem einzelnen Baum in den vergangenen, wohl an die 20 Jahrzehnte, entgegenbrachten, dass er nicht nur überlebte, sondern sich zu einem stattlichen Exemplar entwickelt hatte und schließlich dem Gewann seinen Namen gab – Buchenacker!

Der Sommer hatte sehr heiß begonnen, aber das war auch nicht weiter erwähnenswert. Während sich der Winter lange Monate hinzog – manche Zugereisten meinten sogar, er dauerte neun Monate lang – verlief das Frühjahr kurz, nass und heftig und mündete dann in den Hochsommer, der Ende Juni begann und für gewöhnlich bis in den späten August anhielt, bevor sich ein golden-milder Herbst anschloss. Die Sonnenscheindauer im Sommer konnte durchaus mit südlichen Gefilden konkurrieren.

Natürlich ging es auch anders. Mit bis zu -40°C und mehr als 100 Tagen im Jahr, an denen das Thermometer unter die 0-Grad-Grenze fiel oder manchen Sommern, an denen sich die Schleusen des Himmels fast nicht mehr schlossen zeigten, dass es sich um ein Grenzland im wahrsten Sinne des Wortes handelte.

Jetzt war es Mitte Juli und das Getreide konnte schon bald geerntet werden. Hauptsächlich Roggen und Hafer, doch auf dem Buchenacker wuchs Weizen, der hier, im äußersten Nordosten des Landes eher selten angebaut wurde, zu gering waren die Erträge der gängigen Sorten, doch der so genannte „Blaue Englische Weizen", ein Winterweizen, verträgt die eiskalten Monate ohne auszuwintern. Und dieses Getreide wuchs nun auf dem Buchenacker, allerdings unter einem anderen Namen, denn sonst wäre er schon seit einigen Jahren verboten gewesen.

Unten am Meer hatten sich einige Sommerfrischler eingefunden und genossen die kühlen Fluten der Ostsee. Allerdings war es kein Vergleich zu früheren Jahren, lediglich ein paar junge Frauen und Kinder stiegen ins Wasser oder lagen auf Badetüchern in der Sonne. Männer waren keine zu sehen. Lediglich ein schlaksig wirkender Junge mit blonden Haaren und dunkelbraunen Augen, an der Schwelle zum Erwachsenen saß in den Ästen einer Stieleiche und fixierte die Mädchen, die in rund 50 Meter Entfernung vor ihm im Sand lagen. So sah es auf den ersten Blick jedenfalls aus, doch Hans Förster hatte weder einen Blick für die Mädchen noch die Schönheiten der Landschaft. Er ließ sein junges Leben Revue passieren und zweifelte an seiner Zukunft und an der Zukunft des Reiches. Gerade war er mit einem Reifezeugnis aus dem Stadtgymnasium Altstadt-Kneiphof entlassen worden. Nur noch ein knappes Jahr wäre es gewesen bis zum Abitur, aber er musste die Pflicht erfüllen – die Pflicht für Führer, Volk und Vaterland.

Es musste schlecht stehen um das Reich, auch wenn die Wochenschau das Gegenteil behauptete und von den Erfolgen der Wehrmacht berichtete. Doch konnte man daran glauben? Dass die örtlichen Parteigrößen Zuversicht verbreiteten, dass der Krieg bald gewonnen sei, war pure Propaganda. So viel wusste Hans Förster, obwohl er seit seinem 8. Lebensjahr das nationalsozialistische Erziehungsprogramm mit Jungvolk und Hitlerjugend durchlaufen hatte. Doch er hatte Glück und stammte aus einer alten Königsberger Bürgerfamilie, die Hitler und seinen Gefolgsleuten immer skeptisch gegenüber standen. Auch jetzt, oder gerade jetzt, im Sommer 1943 sollte der Endsieg kurz bevor stehen. Doch wie sollte dies geschehen, wenn alle 18-jährigen mit Notabitur oder Reifevermerk aus den Schulen entlassen wurden, die 16-jährigen als Flakhelfer rekrutiert wurden und die Generation der 20-jährigen von der Front nicht mehr nach Hause kam? Hans Förster hatte mehr als Zweifel, doch er wusste, dass er diese niemals äußern durfte. Der Krieg ging wohl zu Ende, doch dieses würde anders verlaufen, als es sich die meisten vorstellten. Es gab keine Männer mehr. Es gab keine jungen Männer mehr. Überall in den Ämtern und Betrieben arbeiteten Frauen und alte Männer, die teilweise aus dem Ruhestand zurückgeholt wurden.

Vielleicht konnte der Krieg aber dennoch gewonnen werden. In Kürze begann seine Ausbildung zum Bordschützen, vermutlich beim Kampfgeschwader 100, dem Wiking-Geschwader der Luftwaffe, das irgendwo in Frankreich stationiert war. Und die waren mit Flugzeugen vom Typ Dornier Do 217 und Heinkel He 177, also Bombern, ausgestattet.

Hans Förster war noch nie geflogen und er hatte Angst, dass sein erster Flug sein letzter sein würde. Doch vor der Wehrmacht stand noch ein Einsatz an der Heimatfront bevor, wie der Leiter der Ortsgruppe, Wagner, den reifebezeugten Gymnasiasten erklärte. Das Getreide, Nahrung für das Volk, musste geschnitten und gedroschen werden. Angeblich sollten Mähbinder zur Verfügung stehen und die ehemaligen Schüler und zukünftigen Soldaten sollten die Garben aufladen oder die Dreschmaschine bestücken, doch Förster befürchtete, dass die Ernte so verlief, wie schon seit Jahrhunderten – mit der Sense.

Ende August, nach der Ernte, ging es dann nach Frankreich und ein neues Leben sollte beginnen. Die Frage war nur, in welche Richtung es verlief. Er hatte noch nie den grenzenlosen Optimismus seiner Schulkameraden geteilt, sondern sich lieber auf seinen Verstand verlassen.

3. Kapitel – Lottys Familie

Lotty hatte nur gute Erinnerungen an das kleine Haus der Großmutter in Warlingham. Es lag am Wendehammer einer Straße in einem Wohngebiet mit einer netten Nachbarschaft. Jedenfalls war das früher so gewesen, als sie einen Großteil ihrer Ferien dort verbracht hatte. Aufgewachsen war Lotty mitten im vornehmen Belgravia mit all den Reichen, Superreichen und außerdem versnobten Londonern, deren Blasiertheit lediglich durch ihre Verschwendungssucht übertroffen wurde – zumindest in Lottys Augen. Sie fühlte sich nie als Teil der Gesellschaft, der ihre Mutter angehörte; Tochter eines altgedienten Diplomaten, der als britischer Botschafter sein Leben in den Vertretungen ihrer Majestät, von Argentinien über Kanada, Peru, Mexico und den Philippinen verbracht hatte und sich später unweit des Buckingham Palastes zur Ruhe setzte. Lottys Mutter, Susan, wurde in Lima geboren, lebte in ihren ersten Lebensjahren zusammen mit ihren Eltern in der jeweiligen Botschaft und wurde dann in ein luxuriöses Internat in Schottland gesteckt. Somit sollte sie gut vorbereitet sein, einem Mann aus der feinen Gesellschaft eine repräsentative Gattin zu sein. Leider suchte sich Susan, sehr zum Missfallen ihrer Eltern, keinen Mann unter Ihresgleichen, sondern nur einen erfolgreichen Banker von zweifelhafter Herkunft. So stammte er lediglich aus einfachen

Kreisen und hatte überdies hinaus auch noch einen deutschen Vater. Doch Richard Foster war gut aussehend, klug und verfügte über ein einnehmendes Wesen und verdiente offenbar ausgesprochen gut, so dass sich Susans Eltern keine allzu großen Sorgen um ihre Tochter machen mussten. Richard und Susan richteten sich bequem in Belgravia ein und setzten einen Sohn sowie eine Tochter in die Welt. Während der Sohn, Brian, sich in dieser Welt wohlfühlte, war es für Lotty immer eine ziemliche Herausforderung in all dem Überfluss und der aufgesetzten Freundlichkeit zu leben. Schon als Kind suchte sie, so oft es ging, den Weg zur Großmutter in die heimelige Kleinbürgerlichkeit.

Es war nicht so, dass Lotty Geld nicht geschätzt hätte, sie wusste sehr wohl, dass sie sich vieles nur leisten konnte, weil ihre Eltern über ein entsprechendes Einkommen verfügten, und auch heute war sie sich wohl gewahr, dass sie einen üppigen Verdienst brauchte, um ihren Lebensstil mit all den Reisen und den vielen kleinen Annehmlichkeiten, allen voran ihre vielen Klamotten, zu finanzieren. Aber sie schätzte noch immer ein bürgerliches Leben – oder das, was sie sich darunter vorstellte – viel mehr, als das, das ihr die Eltern vorlebten. Vermutlich war es so, dass Lotty in der Bürgerlichkeit eine Sicherheit, eine Bodenständigkeit sah, die sie zu Hause nie erfahren hatte. Dort stand das Geld und der Wohlstand an allererster Stelle, Zuneigung und menschliche Nähe waren weniger gefragt, und selbst ihr Vater hatte, bis auf die Liebe zum Fußball, alle bürgerlichen Eigenschaften recht bald aufgegeben.

Und genau diese, in Belgravia vermissten Attribute fand sie bei den Großeltern in Warlingham. Hier legten eine Handvoll Hühner die Eier, die auf dem Frühstückstisch standen oder in den Kuchen wanderten, hier lag ein alter Hund schlafend im Korb und niemand störte sich an den überall herumliegenden Hundehaaren, hier saß der Großvater mit der qualmenden Zigarre im Sessel und die Großmutter strickte Socken oder einen Pullover. All das erschien Lotty der Inbegriff der Gemütlichkeit zu sein, Familie, wie sie sie sich vorstellte. Hier konnte sie auf die Straße gehen und mit Nachbarskindern spielen, ohne vom Scheitel bis zur Sohle taxiert zu werden und im ungünstigsten Falle diese Prüfung nicht zu bestehen. Als Kind versuchte sie so oft als möglich, der heimischen Umgebung zu entfliehen und in den Süden von London zu gelangen, was mittels öffentlicher Verkehrsmittel kein großes Problem war. Oft fuhr sie gleich nach der Schule zu den Großeltern, ohne vorher im elterlichen Haus vorbei zu schauen. Die Eltern wären ohnehin nicht zu Hause gewesen und alleine in dem großen Haus, allenfalls mit ihrem Bruder und der missmutigen Haushälterin den Nachmittag zu verbringen, hatte sie wenig Verlangen.

Als Lotty ins Teenageralter kam und sich die Eltern ihrem widerborstigen Wesen nicht mehr gewachsen fühlten, schlichtweg auch weder über Zeit und Lust verfügten, einem pubertierenden Mädchen gerecht zu werden, wurde sie kurzerhand ebenfalls in ein Internat gesteckt. Selbstverständlich war hier das Beste gerade gut genug und die Wahl fiel auf ein Internat in der Schweiz. Lotty hasste die Schweiz, sie hasste das Internat, die Lehrer und die Mitschüler, verkörperten sie doch alles, was sie so sehr an Belgravia verachtete: Reichtum, Überfluss, Egomanie und Oberflächlichkeit. Sie quälte sich durch die Schulzeit und hatte zielstrebig die Ferien im Blick und damit das übersichtliche, heimelige Reich der Großeltern.

Mit der Zeit arrangierte sie sich mit dem Internat, sie stellte fest, dass nicht alle Schülerinnen selbstsüchtige und verhätschelte Barbiepuppen waren, sondern dass es noch andere Mädchen auf ihrer Wellenlänge gab. Schnell lernte Lotty, dass sie sich durch Fleiß und gute Noten Freiheiten leisten konnte, also war sie bestrebt entsprechende Leistungen als Gegenzug für diese Privilegien abzuliefern. Dennoch war Lotty froh, wenn Ferien waren und überglücklich, als die Schulzeit endlich vorüber war. Nicht einen Tag länger hätte sie in der Schweiz bleiben wollen, diesem kleinen Land, dessen Bewohner glaubten, sie würden von aller Welt geliebt, statt dessen aber, aufgrund ihrer sich anbiedernden Art verachtet wurden. Auch wenn viele Bewohner des gebirgigen Landes sehr wohlhabend waren, war es doch offensichtlich: Sie gehörten nicht dazu – nicht zu dem alten Geld, das sich über Jahrhunderte in den immer gleichen Familien angesammelt hatte.

Und da Lotty diese Kreise hasste, hasste sie die Neureichen, die zwar das Geld hatten, denen aber die unbestreitbare Klasse fehlte, jedoch unbedingt dazu gehören wollten, noch viel mehr.

Je mehr Lotty von der Welt sah, desto lieber zog sie sich zurück in ihre selbst gewählte Kleinbürgerlichkeit, in der ein Bier mit dem Nachbarn, eine Tasse Tee mit der Nachbarin und der eigentlich belanglose Tratsch über vermeintliche oder tatsächliche Verfehlungen gemeinsamer Bekannter, die richtige Düngerwahl für den Hausgarten und den optimalen Zeitpunkt für das Schneiden der Rosen den Mittelpunkt des Lebens ausmachten. Des Überflusses überdrüssig, suchte sie ihr Lebensglück beim Zeitvertreib des einfachen Volkes, dem sie ja selbst auch entstammte.

Dennoch war Lotty eine Großstadtpflanze und wäre auf dem flachen Lande, in einem Dorf inmitten von Nirgendwo sicherlich jämmerlich verdorrt, denn sie war an die Annehmlichkeiten der Stadt mehr als gewöhnt: Kinos, Theater, Fußballstadien, abgefahrene Kneipen, unbegrenzte Shoppingmöglichkeiten und natürlich ein öffentliches Verkehrsnetz rund um die Uhr.

Entgegen den Wünschen der Eltern, in deren Fußstapfen zu treten und entweder einen Job im Finanzsektor zu suchen oder Jura zu studieren und mittelfristig bei der mütterlichen Kanzlei einzusteigen, entschied sich Lotty für einen eher konventionellen Weg, in jedem Fall einen, der nicht unmittelbar in die Welt der Reichen und Schönen mündete. Sie wollte Kunstgeschichte studieren und später eine Anstellung in einem der zahlreichen Londoner Museen finden. Der Beruf einer Kunsthistorikerin zeugte zwar auch nicht unbedingt vom Fundament der Bürgerlichkeit, sondern bewies, dass Lotty gelernt hatte, über den Tellerrand hinauszuschauen. Außerdem war sie sich sicher, dass sie nur erfolgreich sein konnte, wenn sie Spaß bei ihrem Broterwerb haben würde. Diesen Umstand sah sie in der Kunstgeschichte gegeben. Schon als Kind interessierte sie sich für mittelalterliche Malerei und deren Übergang in die Renaissance und entwickelte schon damals den Blick für Details im großen Gesamtgefüge.

Nach den vielen Jahren in der Schweiz wollte Lotty auf keinen Fall im Ausland studieren, auch wenn dies bestimmt reizvoll gewesen wäre. Die Humboldt-Universität in Berlin hätte einen optimalen Studiengang angeboten. Stattdessen entschied sie sich für ein Studium in ihrer geliebten Heimatstadt. Das Courtauld Institute of Art, ein zur Londoner Universität gehörendes Institut für Kunstgeschichte bot hierfür die besten Voraussetzungen und überraschenderweise – zumindest für Lotty – fand dieser Entschluss auch die Zustimmung der Eltern. Immerhin schien damit sicher gestellt, dass die Tochter einen standesgemäßen Broterwerb anstreben und nicht, wie schon befürchtet, als Verkäuferin in einer Modeboutique oder hinter dem Tresen eines drittklassigen Pubs enden würde.

Das Studium machte Lotty zu einem neuen Menschen. Nicht dass sich ihre bürgerliche Sicht auf die Dinge geändert hätte. Doch plötzlich sah sie in ihrem Leben einen Sinn, denn der bisherige hatte darin bestanden, dem Wochenende oder den Ferien entgegenzufiebern und so schnell wie möglich dem Dunst des Geld- und tatsächlichen Adels zu entfliehen. Lotty sank in die Kunstgeschichte ein und absolvierte ihre sechs Semester bis zum Bachelor und die folgenden vier bis zum Abschluss als Master gerade zu in Ekstase und nach fünf Jahren rissen sich die Auktionshäuser, Galerien und Museen aus ganz England um sie. Doch Lotty wäre nicht sie selbst gewesen, wenn sie sich für das Unbekannte entschieden hätte. Sie blieb ihrem Institut im Somerset House treu und fand eine Anstellung als Sachverständige für Raubkunst und Kunstfälschung bei Professor McMillan. „Ein Job im öffentlichen Dienst ist vielleicht nicht unbedingt sexy, aber er bietet ein sicheres Einkommen und bei uns ist immer für Spannung und Überraschungen gesorgt", hatte McMillan gleich am ersten Arbeitstag gesagt und er sollte recht behalten. Denn bereits nach wenigen Wochen Berufsalltag hatte es Lotty mit, offenbar im zweiten Weltkrieg von den Nazis gestohlenen Bildern zu tun, die in einer Londoner Galerie zum Verkauf angeboten wurden.

Während ihres Studiums hatte Lotty, wie früher zu Grundschulzeiten, zu Hause gewohnt und war am Wochenende zu den Großeltern gefahren. Sie hätte sich zwar eine von den Eltern finanzierte Studentenwohnung leisten können, doch das wollte sie nicht. Und die ganze Woche den Großeltern zur Last fallen, wollte sie auch nicht, schließlich wurden die beiden nicht jünger.

Nachdem sie aber ihren Abschluss mit Bravour geschafft hatte, machte sie sich auf Wohnungssuche und fand ihre jetzige in Highbury ganz ohne Hilfe der Eltern, was sie mit einem gewissen Stolz erfüllte.

Zwischendurch hauste sie immer mal wieder bei ihrem jeweiligen Freund, doch ihre Beziehungen hielten selten länger als ein paar Monate, was zweifellos an ihr lag, denn sie hatte nahezu unerfüllbare Anforderungen an einen Partner. Da sie nun einmal entsprechend geprägt war, sollte der Mann gebildet, eloquent und selbstbewusst sein, bei gleichzeitiger Bescheidenheit und schon fast kleinbürgerlichen Vorstellungen vom alltäglichen Leben – ein nicht zu leistender Spagat. Entweder hatte ihr Freund das Eine oder eben das Andere zu bieten. War er entsprechend weltmännisch, konnte er kaum das nahezu kleinkarierte Ideal verkörpern, dem Lotty nachhing – kam er aus einfacheren Verhältnissen mit der notwendigen Liebe zu Haus und Garten, war er in ihrem Lebensumfeld kaum vorzeigbar. Es war fast, wie die Quadratur des Kreises. Und Lotty befürchtete schon, auch weil sie die biologische Uhr zu ticken hören glaubte, dass ihr das erträumte Leben mit kleinem Vorstadthaus, Mann und Kindern wohl nicht mehr gegönnt würde. Also würde sie unbemannt bleiben und mit ihren Freundinnen die Pubs an den Wochenenden leer trinken.

Ihre Eltern waren in der Zwischenzeit sogar froh darüber, dass sie in London hängen geblieben war, denn als ihr Bruder Brian nach Australien entschwunden war und ihre jeweiligen Eltern gestorben waren, mussten sie feststellen, dass die Institution Familie doch eine ganz besondere war. Wenigstens Lotty war ihnen geblieben, konnte sie jederzeit besuchen oder auch besucht werden – das hätten sie jedoch nie offen zugegeben.

Nach dem Tod der Großmutter war das Haus zunächst fast ein Jahr lang leer gestanden, denn trotz Lottys Erbschaft waren die Eigentumsverhältnisse nicht ganz klar gewesen, was jedoch weniger an den Großeltern lag sondern vielmehr an der Unzulänglichkeit der britischen Bürokratie, in diesem Fall des Grundbuchamtes.

Lottys Eltern verstanden Lottys besondere Beziehung zu dem kleinen Haus ohnehin nicht. Vermutlich lag es an einem Überhang deutscher Gene, denn in England war ein Haus nicht mehr als ein Investment. Man kaufte ein Haus, wenn man eines benötigte und wenn es zu klein oder zu groß geworden war, wurde es wieder veräußert und ein neues erworben. Und wenn eine Immobilie gerade eine besonders große Wertsteigerung erfahren hatte, brachte sie ein Engländer auf den Markt. Insofern schaute man auch ständig auf die monatlichen Preisschätzungen auf den Homepages der Immobilienmakler.

In England baute niemand ein Haus, um sein ganzes Leben darin zu wohnen. Die Sache mit Grundeigentum war ohnehin eine besondere Angelegenheit auf der Insel, denn letztlich gehörte alles Land der Krone und erst seit dem Jahr 1925 müssen sich Hausbesitzer keine Gedanken mehr darüber machen, dass sie das entsprechende Grundstück räumen müssen.

Lottys Herz hing an diesem Haus und endlich waren alle Formalitäten erledigt und amtlich festgestellt, dass sie tatsächlich die Eigentümerin war. Jetzt konnte es losgehen, sie konnte ihr neues Heim nach eigenem Gutdünken renovieren und gestalten und schließlich darin wohnen. Doch vorher musste das ganze Anwesen entrümpelt werden. Leider hatte sich in den letzten Jahren alles Mögliche angesammelt und niemand die Zeit oder den Willen gefunden, Unbrauchbares zu entsorgen. Großvater war der Meinung gewesen, dass man alles noch irgendwie brauchen könne und schließlich habe man im Krieg und danach auch nichts weggeworfen. Und dementsprechend sah es nun aus.

4. Kapitel - Frankreich

Er hatte sich Frankreich ganz anders vorgestellt,
aber vermutlich lag es am Krieg. Selbst im Sommer
wirkte alles grau und jetzt, da der Winter vor der
Tür stand, war es grau und nass noch dazu. Der
Französischunterricht am Gymnasium vermittelte
ihm immer ein Bild von mediterraner Lebenslust,
gutem Essen und schönen Frauen. Einst hatte er von
einer Reise durch Frankreich, dem Land von Käse
und Wein geträumt und eine Sehnsucht entwickelt,
die unstillbar in ihm anwuchs. Unstillbar, da es
Frankreich nicht mehr gab. Das alte Frankreich aus
dem Unterricht war verschwunden und geblieben
war lediglich eine Region, die so genannte Nordzone, von deutschen Soldaten besetzt, eine Gegend, in
der der Hass auf alles Deutsche zu spüren war und
Hans Förster verstehen lernte, was August Stramm
mit seinem Gedicht „Patrouille" gemeint hat. Ex-
pressionistische Gedichte gehörten natürlich nicht
zum Lehrplan der Nationalsozialisten, doch in seinem liberalen Elternhaus fand er viele Bücher, die
eines „deutschen" Haushaltes unwürdig waren.

Über dem Luftwaffenstützpunkt des Kampfge-
schwaders 40 in der Nähe von Bordeaux lag die
Unwirklichkeit der Zeit wie flüssiges Blei und das
Meer, das er so liebte, war hinter unzugänglichen
Stacheldrahtlinien verborgen – der Atlantikwall

verhinderte jeden Zutritt, ein Schutz nach außen und innen.

Wie sollte das erst werden, wenn der Krieg gewonnen war? Sollten die französische Bevölkerung, die noch hier lebte in die Südzone, also dem von Vichy aus regierten Frankreich umgesiedelt werden, um Siedlungsraum für Deutsche zu schaffen? Oder hatte der „Mann", wie sein Vater den Reichskanzler und Führer nannte, einfach vor, die Nordzone wieder zu räumen und die deutschen Soldaten nach Deutschland zurückzuziehen? Das war doch kaum vorstellbar. Vielleicht wurde Nordfrankreich mit dem Küstenstreifen, der bis Spanien hinabreichte auch ins Reich integriert und das alte Reich der Franken, wie unter Karl dem Großen geschaffen, wieder neu ins Leben gerufen.

Doch konnte der Krieg überhaupt gewonnen werden? Die Angriffe der Alliierten auf deutsche Großstädte nahmen immer mehr zu. Selbst der Flughafen von Bordeaux stand immer wieder im Fokus der britischen Bomber. Und von der Ostfront war überhaupt nichts mehr zu hören. Auf der anderen Seite war die Lage hier stabil und die Franzosen schon lange geschlagen, die Spanier neutral, und die Italiener mit sich selbst beschäftigt. Mussolini war offenbar immer noch im Amt, aber anscheinend hatte auch die deutsche Regierung das Heft des Handelns in Norditalien übernommen. Und dass die Briten von Nordafrika aus angriffen war unwahrscheinlich.

Das glaubte Hans Förster und das wurde von der deutschen Seite auch so kommuniziert. In Wirklichkeit war mit der Niederlage des deutschen Afrikakorps für die Alliierten die Voraussetzung geschaffen, eine Südfront zu eröffnen. Italien hatte nach der Niederlage nämlich die Seiten gewechselt und Mussolini abgesetzt. Dass er von den Deutschen befreit wurde und in einer Art Marionettenstaat in Norditalien herrschte war allenfalls von kosmetischer Bedeutung.

Und vom Eingreifen der Amerikaner, durch Material im Osten und durch eigene Kräfte im Westen wusste damals noch kaum jemand in Deutschland.

Dennoch dachten die Nationalsozialisten immer noch, den Krieg gewinnen zu können und ein abermaliger Angriff auf England stand kurz bevor. Nachdem der Luftkrieg um England in der zweiten Jahreshälfte 1940 erfolglos geblieben und das Unternehmen Seelöwe, die Invasion Englands verschoben worden war, kam es immer wieder zu kleineren Bombardements englischer Städte. Doch der Großteil der Bomber wurden an der Ostfront gebraucht und somit verfügte die deutsche Seite über keinerlei Kapazität, erfolgversprechende Angriffe jenseits des Kanals durchzuführen. Das Unternehmen Steinbock zu Beginn des Jahres 1944 sollte dies ändern.

Hans Förster wusste, dass er in nicht allzu ferner Zeit seinen ersten Einsatz haben würde.

5. Kapitel – Notting Hill

Wer an Notting Hill denkt, dem kommt automatisch Julia Roberts und Hugh Grant in den Sinn. Wenn Lotty Foster an Notting Hill dachte, erinnerte sie das an kalte Füße, jede Menge Sekt – mit den unausbleiblichen Folgen – und an Sharon Goodridge mit Weihnachtsmannmütze. Was sie damals, vor vier Jahren am Samstag vor dem vierten Advent noch nicht wusste, war der Umstand, dass dieser Tag ihr Leben verändern würde. Aber ändert nicht jeder Tag unser Leben? Würde das ganze Leben vielleicht nicht ganz anders verlaufen, wenn wir, anstatt die U-Bahn den Bus nehmen würden, um an unser Ziel zu kommen? Dies ist eine Frage, die sich Lotty fortwährend stellt und auf die sie bislang noch keine befriedigende Antwort gefunden hatte. Doch sie ist sich absolut sicher, dass der spontane Entschluss, den Markt in Notting Hill an diesem, nämlichen Samstag aufzusuchen, ein Meilenstein in ihrem Leben war.

Sie hatte sich im Herbst vor diesem Ereignis ihres Freundes, einem arroganten Broker mit großer Selbstsicherheit bei leider nur bescheidenem Verstand, entledigt und war immer noch froh darüber, dieses Kapitel erfolgreich hinter sich gelassen zu haben. Das Thema Männer hatte zu diesem Zeit-

punkt keinen prominenten Platz in ihrer Prioritäten-
liste inne, und Lotty genoss die Freiheit.

Notting Hill war nicht nur bei den unzähligen
Touristen legendär, die das ganze Jahr lang die öffentlichen Verkehrsmittel verstopften, so dass kein
Einheimischer in Ruhe die Stadt durchqueren konnte, sondern hatte auch für die Londoner einen ganz
besonderen Reiz. Das Viertel der Einwanderer aus
den 1960-er Jahren hatte sich zum Inn-Viertel ge-
wandelt und selbst Jamie Oliver hatte inzwischen
seine Spuren hinterlassen. Doch es war nicht Jamie
Oliver, sondern der Straßenmarkt, der Lotty reizte.
Sie wusste nicht, was sie suchte, was allerdings wenig bemerkenswert ist, da Lotty bisweilen recht
planlos durch die Weltgeschichte irrt, in der Hoffnung, das Unvorhergesehene zu erleben.

Eigentlich wäre Lotty an diesem Samstag recht
schnell und vor allem recht enttäuscht von ihrem
Trip zurückgekehrt, doch eine Gruppe deutscher
Touristen, die in Bataillonsstärke über die Straße
walzte und alles niedertrampelte, was sich ihr in
den Weg stellte, nötigte sie zu einem rettenden
Sprung in ein, allerdings wenig freundliches Zelt, in
dem allerlei Plunder feilgeboten wurde. Dazu spielte ein uraltes Kassettendeck die ewig ausgelutschten
Weihnachtslieder in einem deutlich zu langsamen
Tempo, als wären die Batterien kurz vor der Kapitu-
lation.

„Trinkst du was mit mir?“, fragte sie, wie aus heiterem Himmel eine junge Frau mit dem unverkenn-

baren Dialekt der West-Indies und einer roten Weihnachtsmannmütze auf dem Kopf.

„Es ist noch nicht einmal Mittag, Sharon." Die Frau hinter dem Plunderstand war dagegen eine echte Eliza Doolittle.

„Es ist Weihnachten, da wird man doch mal was trinken können", stellte Sharon trocken fest. Sie war ungefähr im gleichen Alter und hatte ein Glitzern in ihren Augen, das sie für Lotty gleich sympathisch machte.

Lotty lächelte zurück. „Ja, ich trinke was mit dir. Draußen gibt es eine Invasion der Hunnen. Was hast du denn anzubieten?"

„Champagner. Englischer, aber wirklich gut. Hast du was gegen Deutsche?"

„Nein, ich bin selbst zu einem Viertel Deutsche. Doch dieses kommt gottlob nur selten zum Vorschein." Sie lachte laut, Sharon lachte mit und kurze Zeit später saßen die beiden hinter deren Plunderstand – von der Handyhülle gab es bis hin zu Plastikengeln mit goldenen Flügeln und Haaren fast alles, was man nicht wirklich brauchte.

Sharon war die Tochter des Pfarrers der methodistischen Kirche, ein paar Straßen weiter und der Erlös ihrer Verkäufe sollte der maroden Heizung des Pfarrhauses zu Gute kommen. Das Zelt, in dem sie die Sachen verkaufte gehörte Eliza Doolittle, ebenfalls Mitglied der methodistischen Gemeinde, die in ihrem wirklichen Leben bei der Stadtverwaltung arbeitete. Ihr wirklicher Name war Pauline Anderson und im Gegensatz zu Sharon war sie an diesem Samstag äußerst motiviert und schaffte es bis zum späten Nachmittag tatsächlich, einen Großteil ihres Angebotes an den Käufer zu bringen.

Sharon dagegen beschränkte sich hingegen darauf, mit Lotty Sekt zu trinken. Dass Pauline hiergegen keine Einwände erhob konnte nur zweierlei bedeuteten. Entweder Sharon hatte sich diesen Durchhänger durch besonderes Engagement verdient oder bei ihr waren Hopfen und Malz schon längst verloren. Wie auch immer, Lotty fand es spannend mit Sharon zu diskutieren und schon bald waren sie bei den entscheidenden Themen des Lebens überhaupt gelandet: Männer! und noch etwas später: Das Wirken Gottes in der heutigen Zeit!

Für Lotty war es ein ganz neues Erlebnis, mit einem Menschen über Gott zu diskutieren, der nicht schon im zweiten Satz das große Aber vor sich hertrug, wie eine Monstranz. Sie hatte die Erfahrung gemacht, dass die Vertreter der religiösen Fraktionen entweder Asketen, Heuchler oder beides waren. Nicht dass sie es besonders erstrebenswert fand, Alkohol zu trinken oder mit einer wildfremden Frau über sexuelle Erfahrungen zu reden, doch dass Sharon dies beides tat und dabei immer Gott als Ankerpunkt hatte, beeindruckte Lotty. Demnach war es also tatsächlich möglich, zu leben und trotzdem an Gott zu glauben und auf ihn zu vertrauen.

Zwei ausgewachsene Hamburger mit Pommes halfen den beiden Frauen, die Flüssigkeit einigermaßen zu binden und zu verhindern, dass die Bodenhaftung verloren ging.

„Was machst du eigentlich, wenn du nicht mit fremden Frauen Champagner trinkst und über Gott und die Welt redest?"

„Mit fremden Frauen und Männern Champagner trinken", antwortete Sharon grinsend.

„Komm, sag schon", drängte Lotty.

Sharon schnappte die Champagnerflasche, zeigte das Etikett ihrem Gegenüber, goss nach und meinte dann: „Ich bin Kellermeisterin bei diesem Weingut. Diesen Champagner habe ich selbst gemacht."

Lotty staunte nur noch.

„Du kannst den Mund gerne wieder schließen. Auch wenn ich wohl die einzige farbige Kellermeisterin in ganz England bin. Wein ist mein Beruf und nachdem unser Wein im Keller reift, habe ich jetzt etwas Zeit bevor ich mich wieder um den guten Tropfen kümmern muss. Im Frühjahr füllen wir den diesjährigen Wein ab, nur der Pinot Noir bleibt noch bis im Spätjahr im Barrique. Ich hoffe, er schmeckt dann auch so, wie er soll. Und zu Beginn des neuen Jahres steht das Schneiden der Weinreben an."

Lotty sah Sharon immer noch an, als wäre sie eines der Weltwunder. „Da komme ich mir als Studentin ganz langweilig vor."

„Was studierst du denn?"

„Kunstgeschichte."

„Kunstgeschichte", wiederholte Sharon, „das hört sich ja spannend an", ergänzte sie mit abfälligem Unterton. „Kunst und Moral vertragen sich nicht, sagt Reverend Davies."

Lotty beugte sich nach vorne und sah ihr gegenüber verdattert an. „Wie habe ich denn das zu verstehen?", wollte sie wissen.

„Es kommt darauf an, wessen Moral du da anlegst?"

Lotty lehnte sich nun wieder bequem in ihren Stuhl zurück. „Gibt es verschiedene Arten der Moral?"

„Natürlich. Jede Gesellschaft hat ihre eigene Moral. Und was bei der Einen moralisch verwerflich ist, ist für die Andere eine Selbstverständlichkeit. Die Frage ist, ob du gegen ein Gesetz verstößt oder jemand unverschuldet zu Schaden kommt."

„Gegen welche Gesetze sollte die Kunstgeschichte verstoßen? Und gegen welche Gesetze die Kunst?"

„Kunst verstößt bisweilen gegen Moralvorstellungen. Darf Kunst wirklich alles?"

„Nun", antwortete Lotty langsam und legte ihre Stirn in Falten. „das ist eher eine philosophische Frage. Ich beschäftige mich eher mit der Entstehung von Kunstwerken und der historischen Entwicklung der bildenden Künste."

Sharon kratzte sich unter der Weihnachtsmannmütze. „Die Sache der Moral ist eine komplizierte. Aus moralischem Gesichtspunkt dürfte ich vermutlich meinen Beruf nicht ausüben, denn dadurch bin ich letztlich der Auslöser für manchen Alkoholrausch und vermutlich auch ein Sargnagel für den einen oder anderen Alkoholiker."

„Na ja", meinte Lotty und zupfte sich am Ohr, „wenn man das so sieht, ist überall das Übel. Ist es nicht eher so, dass die Dosis das Gift macht?"

„Vermutlich", antwortete Sharon und füllte die leeren Gläser erneut. Wir leben in einer Welt und da haben wir unsere Aufgabe. Glaube mir, eine Welt, die ausschließlich aus Mutter Theresias besteht, ist nicht nur utopisch, sie würde auch nicht funktionieren."

Die beiden Frauen saßen noch den ganzen Tag im Zelt, tranken noch weiter Champagner bis Lotty fand, dass sie jetzt tatsächlich genug getrunken hatte. Schließlich wollte sie noch ohne fremde Hilfe, nach Hause finden.

Doch schon am nächsten Tag sah sie Sharon wieder. Trotz einer gewissen Mattigkeit und flauem Gefühl im Magen hatte sie sich am Sonntag Morgen abermals auf den Weg nach Notting Hill gemacht.

Ihr Ziel war der Gottesdienst der methodistischen Gemeinde um 11 Uhr.

6. Kapitel - Wirtshaus

Es war eine unwirkliche Situation gewesen und Hans Förster wusste später in seinem Leben nicht einmal mehr, ob er es wirklich selbst erlebt hatte oder ob die Geschichte, gewoben aus unterschiedlichen Erzählungen, jugendlicher Phantastereien und testosterongeschwängerter Bierseligkeit ein Eigenleben bekommen hatte. Sie waren damals alle jung, hatten wenig Erfahrung in den meisten Dingen des Lebens und vor allem eine wahnsinnige Angst. Das Leben als Soldat bot nur wenig Abwechslung, nur die Aussicht hinter der nächsten Hecke in einen Hinterhalt zu laufen. Und die Perspektiven für einen Heck-MG-Schützen eines Bombers, der alles andere als ausgereift war und sich allenfalls in einer fortgeschrittenen Prototypenversion befand, wurden lieber gar nicht erst ins Bewusstsein gerufen. Doch das Allerschlimmste war, dass niemand wusste, wann es los gehen sollte. Im Spätherbst des Jahres 1943 war das Geschwader von Hans Förster noch kaum über ein paar Übungsflüge hinausgekommen, lediglich einmal flogen sie hinaus aufs Meer und er war froh, bald wieder festen Boden unter sich zu haben. Die Heinkel hatte gedröhnt, geschaukelt und vibriert wie immer. Doch der Umstand, dass das Meer kaum vom Himmel zu unterscheiden war – ein grau in grau ohne greifbare Tiefe - , der Horizont fast nicht wahrzunehmen und Försters Maschine am Ende des

Verbands flog, so dass er auch keine anderen Flugzeuge sehen konnte, gab ihm das Gefühl, orientierungslos in einer gläsernen Kapsel durchs Nichts zu driften. Über Land konnte er sich leicht orientieren, aber hier, scheinbar verloren in den Weiten des Ozeans, fühlte er sich äußerst unwohl. Hier abgeschossen zu werden, bedeutete das sichere Todesurteil – woher sollte Rettung kommen? Es blieb nur zu hoffen, sofort tot zu sein und nicht erst nach einiger Zeit im Meer zu ertrinken. Es gab zwar Menschen, die die Meinung vertraten, ein solcher Tod sei ein schöner Tod, als schliefe man einfach ein. Allerdings gab es niemanden, der eine solche Erfahrung glaubhaft als eigenes Erleben schildern konnte. Ein Abschuss über Land oder eine Notlandung bot wenigstens die Aussicht auf Überleben. Doch das Meer machte ihm Angst. Diese Erfahrung über dem Meer machte ihm Angst, denn eigentlich liebte er das Meer, - das Meer das er kannte, die Ostsee. Die Bernsteinküste mit den Wanderdünen, die Nehrungen mit ihrem jeweiligen Haff, das warme Licht, die Kiefern und natürlich die Elche. Es war majestätisch und wie ein Bild aus einer urzeitlichen Welt, wenn in den Morgen- oder Abendstunden ein starker Elchbulle, unweit des Badestrandes bei Cranz, aus dem Kiefernwäldchen heraustrat, über den Strand wechselte und hinter den hohen Dünen verschwand. Am Atlantik gab es keine Elche und keinen Bernstein.

Hans Förster hatte die Augen geschlossen, versuchte gleichmäßig zu atmen und war froh, als sein

Flugzeug nach zwei Stunden wieder sicher auf dem Fliegerhorst gelandet war. Seine anfängliche Begeisterung war einer brutalen Ernüchterung gewichen. Er hasste das Fliegen schon jetzt – auch ohne Feindberührung.

Die meiste Zeit des Tages verbrachten Förster und seine Kameraden jedoch damit, sich mit Trockenübungen am MG oder Gewaltmärschen durch die französischen Wälder auf den Tag X vorzubereiten. Niemand wusste, zu was das alles gut sein sollte und irgendwie erinnerte das alles viel weniger an einen Krieg, der gewonnen werden wollte, als an ein Sommerlager der Hitlerjugend.

Nein, das war es nicht. Im Sommerlager gab es keine Kollaborateure und keine toten Kameraden. Immer wieder explodierte eine Lagerhalle, eine Unterkunft und regelmäßig gerieten Soldaten außerhalb des Fliegerhorsts in Hinterhalte, die regelmäßig Leben kosteten. Alles nur Nadelstiche ohne großen militärischen Nutzen, aber die Ungewissheit und die Angst nahmen zu. Es war allen nur zu bewusst, dass es überhaupt keinen sicheren Ort gab, dass das Leben nicht nur an der Front oder im Luftkampf beendet werden konnte, sondern jederzeit an jedem Ort. Erst vor zwei Tagen fuhr ein Kübelwagen mit einem Leutnant und seinem Fahrer auf eine Mine, der Leutnant war offenbar sofort tot, der Fahrer, ein Gefreiter in Försters Alter, starb kurz nachdem er von einer Patrouille gefunden wurde. Einen Teil seiner Eingeweide hielt er in Händen, der Rest lag im Umkreis verteilt – kein Arzt der Welt hätte ihm mehr helfen können.

Es gab nur eine Abwechslung für die Soldaten im Fliegerhorst und die lag nur wenige Kilometer weiter südlich. Der Ort hieß Martignas-sur-Jalle und dort gab es ein Wirtshaus, das die Deutschen in ihrer dienstfreien Zeit gerne aufsuchten. Hier floss das Bier und aller Alltag konnte abgestreift werden. Die jüngeren Soldaten vergaßen, weshalb sie ihre Uniform trugen und die Älteren verdrängten ihre langen Jahre in Wehrmacht und Luftwaffe. Doch nach und nach erzählten sie von glorreichen Schlachten und heldenhaften Taten, zeigten sich gegenseitig ihre Kriegsverletzungen und bald konnte man glauben, der Krieg sei ein Abenteuerurlaub. Wer genau zuhören wollte oder konnte, gewann jedoch einen anderen Eindruck des, nunmehr seit mehr als vier Jahren tobenden Krieges. Wo war der schnelle Sieg? Polen war zwar schnell besiegt, doch Panzer gegen Kavallerie – eine moderne Kriegsmaschinerie gegen die Taktik des vergangenen Jahrhunderts - konnte nur einen Verlauf nehmen. Frankreich kollaborierte mehr, als es sich gegen die Deutschen stellte. Und die Engländer als Verbündete der Polen und der Franzosen zogen sich hilflos aus Dünkirchen zurück und im Osten griffen sie erst gar nicht ein und überließen die Menschen zwischen Russland und dem deutschen Reich deren beiden Despoten. Doch danach? Wo waren die versprochenen Siege? Wohl marschierte die Wehrmacht gen Osten, aber weder Moskau war erobert noch gab es Erfolge von der

Wolgafront zu vermelden. Und wenn man die Wochenschau genau verfolgte und die Nachricht zwischen der Nachricht herauszufinden versuchte, musste man feststellen, dass es nicht zum Besten stand mit der besten Armee der Welt. Hitler hatte den Bogen überspannt und selbst die euphorischen Nachrichten aus Afrika blieben aus. Und Amerika hatte noch gar nicht aktiv in den Krieg in Europa eingegriffen. Hans Förster hatte ein ungutes Gefühl, denn obwohl sich der deutsche Einflussbereich vom Mittelmeer über das Nordkap bis hinter die Ukraine erstreckte, war ihm nicht klar, worin die Strategie des Generalstabes lag. Wollte Hitler buchstäblich die ganze Welt erobern? So wie sie auf dem Exerzierplatz brüllten: „Heute gehört uns Deutschland und morgen die ganze Welt"? Deutschland hatte lediglich 60 Millionen Einwohner – der Rest der Welt war deutlich größer. Jeder, der mit einigermaßen brauchbarem Verstand gesegnet war, hätte doch erkennen können, ja müssen, dass irgendwann die Grenzen des Möglichen erreicht waren.

Und jetzt wollte Hitler, vermutlich steckte Göring dahinter, der endlich die Schlagkraft seines Spielzeugs, der Luftwaffe beweisen wollte, auch noch England den entscheidenden Schlag versetzen und die Insel besetzen. Mehr als die Kanalinseln konnte Deutschland allerdings bislang nicht unter seine Kontrolle bringen. Zu Beginn des neuen Jahres sollte nun endlich gelingen, was im Sommer 1940 nicht gelang. Wenn sein Flugzeug zuverlässiger gewesen wäre, hätte Hans Förster vielleicht eine gewisse

Chance gesehen, aber die Heinkel 177 hatte Motorprobleme, was daran lag, dass die beiden Doppelmotoren nicht harmonierten. Anstatt die vier Motoren jeweils einen Propeller antreiben zu lassen, trieben jeweils zwei Motoren einen Propeller an, so dass die Heinkel aussah, wie ein gewaltiger, zweimotoriger Flieger. Das größte Problem allerdings war die Vorstellung der Kriegsstrategen, dass das Flugzeug über eine Sturzkampfbomberfähigkeit verfügen müsse. Bis auf den psychologischen Effekt war dies schon bei der Junkers JU 87 eine fragwürdige Technik gewesen. Doch mit der Heinkel 177 war dies ein Ding der Unmöglichkeit. In der vergangenen Woche war Försters Maschine bei einem derartigen Unterfangen fast abgestürzt und es lediglich dem erfahrenen Piloten zu verdanken, dass alle heil und gesund landen konnten.

Das „Au Bon Accueil", das die deutschen Soldaten kurzerhand in „Waldeslust" umbenannt hatten, stand am Ortsrand, direkt am Wald und die Lust stand in Verbindung mit den Vorgängen im Obergeschoss. Dort befanden sich die Fremdenzimmer des Gasthauses und hier hatte die Standortverwaltung ein Bordell eingerichtet. Förster hatte sich bis kurz vor Weihnachten nicht dorthin gewagt und war jeweils am Tresen der Schankstube oder an einem Tisch im großen Wirtssaal bei seinem Bier geblieben, wenn die Kameraden den Weg nach oben gesucht hatten. Bislang hatte er noch keine Freundin gehabt, jedenfalls noch nicht richtig und er wusste überhaupt nicht, was er dort tun sollte. Obgleich es ihn natürlich reizte, seine Männlichkeit zu beweisen, anstatt heimlich zu masturbieren. In den Gesprächen beim Bier oder auch sonst irgendwo, war schnell auszumachen, wer Erfahrung mit dem anderen Geschlecht hatte und wer lediglich Phantasien zum Besten gab oder Gehörtes nachplapperte.

Wenngleich es für ihn fast einem Verrat gleichkam, eine Prostituierte aufzusuchen. Doch wen hätte er damit verraten können? Allenfalls seine bürgerliche Sexualmoral. Und diese hatte bereits Risse bekommen, spätestens seit bekannt wurde, dass der Pfarrer der Nachbargemeinde seine Gattin mit nahezu jeder, auch nur halbwegs attraktiven Frau der Stadt betrogen hatte. Und der Notar lebte offen mit zwei Frauen, wenn auch Schwestern, zusammen, ohne dass jemand daran Anstoß genommen hätte. Hans Förster kannte auch die einschlägigen Straßen in Königsberg und dort waren es nicht die einfachen Leute, sondern insbesondere gut gekleidete und vornehm aussehende Männer, die Nachtlokale und Bordelle besuchten. Hans Förster fragte sich oft, ob die Frauen dort etwas hatten, was Ehefrauen nicht bieten konnten oder wollten. Oder ob Männer einfach Abwechslung brauchten. Er hatte keine Ahnung. Vor allem deshalb, da er über keinerlei Erfahrung verfügte und so stand er wieder vor der Versuchung, einfach die Treppe nach oben zu gehen. Die Armeeführung machte es den deutschen Soldaten einfach, die angebotenen Dienste waren kostenfrei.

Förster saß abermals alleine mit seinem Bier in einer Nische der Waldeslust und rang mit sich, die Treppe zu benutzen. Vielleicht würde er nicht mehr lange leben und dann wäre er als männliche Jungfrau gestorben. Auf der anderen Seite hatte er Angst davor, eine Sünde zu begehen, deretwegen ihm das Paradies verwehrt werden würde, falls seine Heinkel brennend über Feindesland abstürzte. Seine Gedanken drehten sich im Kreis. Wie oft stand er schon an diesem Punkt.

Er blickte verstohlen auf den Treppenaufgang und sah eine Gruppe von lachenden Männern herunterkommen. Es waren Jungs aus der Einheit, die für die Wartung seines Flugzeuges zuständig waren. Sie wirkten entspannt, kraftvoll, siegessicher und vor allem männlich. Ein schlechtes Gewissen konnte Förster bei ihnen nicht ausmachen. Wieder biss er auf seine Oberlippe und überlegte sich, wer die Frauen wohl waren, die im Obergeschoss Männer befriedigten.

„Wartest du immer noch auf die große Liebe, Förster?", fragte grinsend Karl Tribukait, der Navigator aus seinem Flieger, einem großgewachsenen Kerl aus dem Memelland mit einer noch größeren Klappe, aber dem Herz am rechten Fleck, der sich schwungvoll zu ihm an den Tisch setzte.

„Du kannst mich mal, Tribukait. Mit dem Warten ist das so eine Sache. Ich warte darauf, dass der Krieg zu Ende geht."

Tribukait beugte sich nach vorne. „Siegreich doch?"

„Klar. Siegreich." Hans Förster wusste nur nicht, wem der Sieg gebühren würde.

Sie redeten über allgemeine Nichtigkeiten und als Tribukait sein Bier geleert hatte, sagte er zu Förster: „Ich gehe jetzt nach oben. Kommst du mit? Die haben da so eine Rothaarige, die ist echt spitze."

„Was meinst du mit Spitze?"

„Die bläst dir einen, da vergeht dir hören und sehen."

Förster riss die Augen auf. „Hört sich nicht sehr prickelnd an."

„Sie bumst auch gut, wenn du es konservativ magst."

Er wusste nicht was er antworten sollte und fragte dann: „Und das sonstige Frauenmaterial?"

„Geht so. Die Beine breit machen, können alle."

Hans Förster wusste nicht, was in ihn gefahren war, er leerte sein Bier ebenfalls und meinte: „Dann schauen wir mal, was die da oben zu bieten haben."

Er wusste genau, dass Karl Tribukait genauso wenig Erfahrung mit Frauen hatte, wie er selbst und vermutlich noch weniger Mut, aber eben eine große Klappe.

Die Rothaarige wurde es für keinen der beiden. Der Navigator landete bei einer etwa 40 jährigen Französin, was ihn zunächst zwar etwas irritierte, denn er hätte sich schon etwas Jüngeres vorgestellt. Letztlich hatte er aber doch ein ganz gutes Los gezogen, denn Josette, wie die Frau hieß, führte ihn behutsam in die Geheimnisse der Liebe ein.

Hans Förster bekam ein junges, dunkelhaariges Mädchen, wie er es sich vorgestellt hatte. Doch bald merkte er, dass das Mädchen wohl genauso wenig sexuelle Erfahrung hatte, wie er selbst. Dafür hatte sie um so größere Angst. Es war nicht möglich, sich mit ihr verständlich zu machen. Sie sprach eine vermutlich slawische Sprache. Polnisch war es nicht, das hätte er erkannt und sogar leidlich verstanden.

Und was jetzt?

Das Mädchen mit den schwarzen, langen Haaren und dunkelbrauen Augen legte ihren billigen Fummel ab und legte sich mit gespreizten Beinen ins Bett.

Hans Förster zog sich langsam aus und konnte kaum die Augen von der jungen Frau lassen. Sie war zierlich, fast zerbrechlich, hatte kleine, runde Brüste und die Brustwarzen wirkten ebenfalls schwarz. Das Schamhaar war eher spärlich und der Blick auf die Schamlippen machte ihn noch härter, als er jemals gewesen war. Doch eines irritierte ihn. Zahlreiche blaue Flecken bedeckten den jungen Körper und waren da nicht auch Brandwunden, als hätte jemand Zigaretten ausgedrückt. Doch sämtliche Skrupel waren von ihm gewichen. Er wollte nur mit der Frau schlafen, seinen harten Penis in sie stecken und sein Sperma in ihr zurücklassen. Er wollte ein richtiger Mann sein.

Und dann ging alles viel schneller, als er sich das alles vorgestellt hatte. Er legte sich unbeholfen auf die junge Frau, betatschte noch unbeholfener ihre Brüste und wollte sie küssen. Sie drehte den Kopf auf die Seite, also begann er an ihren Brustwarzen zu saugen. Dann drang er in sie ein, was ihm mehr Schmerzen als Vergnügen bereitete und dann war es auch schon zu ende. Irritiert zog er sich aus ihr zurück, stand auf, zog sich an und blickte noch einmal zum Bett. Sie lag noch immer regungslos da und er bemerkte, dass sie weinte. Stumm und tränenreich. Ihm war, als würde sich eine Schlinge um seinen Hals langsam zuziehen. Wenn er doch nur mit der Frau reden könnte. Doch er versuchte es nicht einmal. Ihm war, als hätte er die Frau getötet. Noch niemals in seinem Leben war es ihm dermaßen schlecht gegangen. Wortlos ging er aus dem Zimmer und schlich nach unten in den Wirtssaal, wo er seinen Kummer mit Bier ertränkte.

In den nächsten Tagen versuchte er herauszufinden, wer die Frauen waren, die ihre Dienste im Obergeschoss der Waldeslust verrichten mussten. Er kannte einen Schreiber aus dem Stab und der wiederum kannte jemanden, der einigermaßen Bescheid wusste. Die Frauen waren zunächst ältere französische Prostituierte, wie Josette, die ihre beste Zeit hinter sich hatten und günstig zu haben waren doch später war die Wehrmacht weniger zimperlich. Wenn es nicht genügend Frauen gab, oder die Soldaten der Meinung waren, sie bräuchten mehr Abwechslung und vor allem jüngere Frauen, bediente man sich kurzerhand in Internierungslagern. Und so waren es, dem Staat nicht genehme Frauen, Oppositionelle, Künstlerinnen, Zigeunerinnen und Jüdinnen, die auf diese Weise des letzten Rests ihrer Würde beraubt wurden.

Hans Förster begann die Armee und die Luftwaffe zu hassen. Er war den Nationalsozialisten immer schon skeptisch gegenübergestanden, doch er hatte sie unterstützt, schließlich ging es um Deutschland. Aber ab Weihnachten 1943 hasste er die Nazis aus ganzem Herzen, er hasste alles Deutsche und er hasste sich selbst. Sein Innerstes war zerbrochen, seine Vorstellung einer heilen Welt, sein Glaube an das Gute in jedem Menschen, seine Hoffnung, dass sich alles zum Guten wenden könnte.

In welcher Welt lebte er? Und wie konnte er dieser Welt, oder zumindest diesem Leben entfliehen? Oder war es einfach so, dass Leben aus Boshaftigkeit bestand und diejenigen, die Glück hatten, auf der Sonnenseite standen, während die anderen kaum mehr waren als wertloser Müll? Er wollte und konnte das nicht akzeptieren. Doch was konnte ein zwanzigjähriger Heck-MG-Schütze eines unausgereiften Kampfbombers tun?

Wenig.

Gar nichts.

Vielleicht musste er nur weiterleben, wie bisher. Den täglichen Stumpfsinn ertragen, irgendwann gen England fliegen, versuchen ein paar Jagdflugzeuge abzuschießen und wieder heil zurückzukehren. Und vielleicht war der Krieg irgendwann zu Ende und er konnte nach Ostpreußen zurückkehren und leben, wie er es sich als Kind vorgestellt hatte. Doch in seinem Innersten wusste er, dass alles ganz anders kommen würde.

7. Kapitel – Sharon

Seit diesem denkwürdigen Tag in Notting Hill besuchte Lotty die kleine Methodistengemeinde und eines Tages wurde sie dort Mitglied. Zwar lag diese Kirche nicht in der Nähe ihrer Wohnung, doch mit der Piccadilly-Line konnte sie bis Holborn fahren und dann die Central-Line bis Notting Hill Gate nehmen. Das war in einer halben Stunde gut machbar. Wenn sie aber in Warlingham wohnen würde, war er ziemlich umständlich nach Notting Hill zu kommen, und das schmerzte Lotty schon jetzt. Sie hatte die Menschen in Notting Hill lieb gewonnen, all die verschiedenen Charaktere aus allen Enden dieser Welt. Die Methodistengemeinde war ein Spiegelbild der besten Seite Londons: multikulturell, fröhlich, bunt und liebenswürdig. Hierher kamen Schwarze von den Westindischen Inseln, Asiaten aus Hongkong und Singapur, Menschen aus Chile, den USA, Europa und natürlich ganz normale Engländer.

Ganz anders Warlingham, dieses Dorf im Grünen, am sanften Nordhang der North Downs mit Blick auf die Hauptstadt war geprägt vom alten England, wie man es sich gemeinhin vorstellt oder es in den Büchern von Agatha Christie beschrieben wird. Im Zentrum stand die All Saints Church aus dem Jahr 1207 und damit die Tradition und Heimat,

wie man sie sich nach Jahren in der Fremde vorstellt. In dieses Leben, noch mehr in die kleinbürger-
liche Welt des Gesterns würde Lotty eintauchen,
nachdem sie erst einmal das Haus der Großmutter
bezogen hätte. Würde sie dann nicht ganz dem
Großstädtertum entsagen, sich noch weiter von ihren Eltern und sogar Freunden entfernen? Würde sie
sich in ihrem Haus einschließen und darin verküm-
mern? Wohl kaum, dachte sie – aber es war ein selt-
sames Gefühl, das immer mehr aus ihrem Bauch in
ihr Hirn kroch und sich dort breit machte. Vielleicht
war es einfach nur die Angst vor der großen Verän-
derung oder die Unsicherheit in das Haus der Großeltern zu ziehen, der Großeltern, die so viele Geheimnisse mit sich herumtrugen und niemals davon
erzählten, was sie im Krieg und der Nachkriegszeit
getan hatten. Lotty wusste nur, dass ihr Großvater
als Kriegsgefangener nach England gekommen, sich
hier in die Großmutter verliebte und dann einfach
auf der Insel geblieben war.

Nachdem sie frisch geduscht aus dem Badezimmer gekommen war und das Tagebuch einmal rasch
durchgeblättert hatte, setzte sie sich an den Frühstückstisch, auf dem kaum Platz für den Teller, das
Stückchen Butter und Marmelade war, als es an der
Haustüre klingelte. Wer mochte das wohl sein,
dachte sich Lotty, ging mit der Teetasse in der Hand
zur Tür und schaute gespannt durch den Spion:
Sharon. Sie öffnete und bat ihre Freundin herein.

„Hast du Zeit gefunden, mir zu helfen? Hast du schon gefrühstückt? Wie geht es dir denn? Magst du dich setzen?", sprudelte es aus Lotty heraus.

„Ich habe keinen Hunger, danke", antwortete Sharon knapp.

„Ist was?"

„Nein, es ist nichts. Gar nichts."

„Du hast doch was. Setz dich einfach irgendwo hin!", befahl Lotty.

Sharon sah sich in der kleinen, überstellten Küche um, runzelte die Stirn und fragte: „Wo denn?"

Lotty setzte ihr freundlichstes Lächeln auf und nahm einen Stoß Klamotten – immerhin frisch gewaschen, wenn auch weder gebügelt noch ordentlich zusammengelegt von einem Stuhl und legte ihn auf den überbordenden Wäschekorb in der Ecke. „So", meinte sie und Sharon zog die Sitzgelegenheit zu sich.

„Aber essen will ich nichts."

Lotty hatte sich ebenfalls wieder hingesetzt und führte ein Brot zum Mund. Bevor sie hinein biss fragte sie: „Wieso bist du eigentlich in London? Ich dachte du kommst direkt von deinem Weingut in Kent."

„Es ist nicht mein Weingut. Ich arbeite dort lediglich. Aber ich weiß nicht mehr wie lange. Ich habe mich mit Neal gestritten."

Neal war der Winzer und gleichzeitig Sharons Freund.

„Das ist ja nichts Neues", befand Lotty gelangweilt.

„Er hat eine andere. Ich glaub ich muss kotzen", präzisierte ihre Freundin mit angeekeltem Gesichtsausdruck.

„Du weißt wo die Toilette ist."

„Also etwas mehr Mitgefühl hätte ich von meiner besten Freundin schon erwartet."

Lotty spülte die Brotreste mit einem Schluck Tee hinunter und sagte dann: „Liebe Sharon, wenn ich jeden deiner Streits mit Neal kommentieren müsste, hätte ich nichts anderes zu tun. Der Typ ist ein Idiot, das habe ich dir schon gesagt, als du dich dort beworben hast und erst recht, als du, deinen niederen Instinkten folgend, zu ihm ins Bett gekrochen bist." Sie blickte auf. „Und wenn er jetzt eine andere hat, umso besser. Dann schieb ihn endlich aufs Abstellgleis und suche dir eine andere Arbeit. Es wird ja wohl noch ein paar Weingüter geben diesseits des Kanals."

„Du bist unfair. Wo warst du denn gestern Abend? Mit den beiden Gören im Pub?"

„Wenn hier jemand unfair ist, dann bist es du." Lotty biss erneut ins Marmeladenbrot. „Du weißt, dass ich jeden Freitag mit Emma und Louise in einen Pub gehe. Du weißt aber auch, dass ich niemals ein Treffen mit dir platzen lasse. Was hätte ich denn deiner Meinung nach gestern tun sollen? Neal die Händchen halten und ihn überreden, zu dir zurückzukehren?" Sie atmete tief durch und sagte dann: „Jetzt erzähl einfach mal der Reihe nach, was eigentlich los ist!"

Sharon arrangierte ihren abschätzigsten Gesichtsausdruck und biss sich auf die Oberlippe. „Hm. Angefangen hat alles vor ein paar Wochen – Weinprobe im Alten Keller", sie machte eine theatralisch ausladende Armbewegung. „Die Damenabteilung des Turnvereins hatte sich mit 20 Frauen angemeldet und der Herr Winzer ließ es sich natürlich nicht nehmen, den Wein selbst zu servieren." Sharon riss die Augen weit auf und ihre Nasenflügel zitterten richtig. „Den Wein, den ich gemacht habe, nicht er."

„Na ja, du arbeitest für ihn als Kellermeisterin, es ist sein Weingut und sein gutes Recht, seinen Wein zu verkaufen und auch an einer Weinprobe zu verkosten."

„Soll er auch. Aber wenn ihm so eine langbeinige Blondine große Augen macht, braucht er doch nicht darauf einzusteigen."

„Flirten erhöht die Verkaufschance", erwiderte Lotty trocken.

„Flirten vielleicht schon. Die blöde Kuh hat ihn regelrecht angebaggert."

„Und er hat es geschehen lassen?"

„Ja. Schlimmer noch, er ist darauf eingestiegen."

„Warst du dabei?"

„Nein, aber die Tessa – auch vom Turnverein – die kenne ich gut, hat es mir erzählt. Und dann ist er auch zu ihr nach Hause gegangen. Er hat sie gebracht, weil sie zu betrunken war, selbst zu fahren."

Lotty goss sich in aller Seelenruhe Tee nach. „Hat Tessa gesagt?"

„Ja. Aber erst gestern Abend."

„Und wie bist du darauf gekommen, dass er etwas mit der Blondine hat?"

„Sie ist seit der Weinprobe immer wieder hier herumscharwenzelt. Hat ständig nach ihm gefragt. Und an den Abenden war Neal ständig auf irgendwelchen Seminaren." Das letzte Wort sprach Sharon dabei äußerst gedehnt.

„Hast du ihn gefragt, ob er was mit der Tussi hat?"

Sharon nickte. „Heute Morgen. Er hat es nicht einmal geleugnet. Wäre mal ne nette Abwechslung gewesen, hat er gemeint. Dieser Idiot." Sie schlug mit der Faust auf den Tisch. „Das habe aber gar nichts mir unserer Beziehung zu tun – ich wüsste ja wie Männer so sind." Sie presste die Lippen aufeinander und sagte nach einer kurzen Pause: „Ich fasse es nicht."

„Nun ja, um es mit Schiller zu sagen: Der Mohr hat seine Schuldigkeit getan, der Mohr kann gehen."

„Wer bitte ist Schiller?"

„Ein deutscher Dichter." Lotty setzte sich aufrecht und blickte ihrer Freundin direkt in die Augen. „Ich würde dir raten, diesen Typen zu verlassen. Das war doch nicht das erste Mal, dass er eine andere hatte."

Sharon schüttelte langsam den Kopf.

„Der will dich nur deshalb warm halten, weil du die beste Kellermeisterin Englands bist. Wie du schon gesagt hast, du machst den preisgekrönten Wein. Nicht er. Sieh zu, dass du ihn aufs Abstellgleis schiebst."

„So einfach ist das nicht. Ich liebe ihn doch."

Lotty ließ fast die Teetasse aus der Hand fallen. „Dir ist nicht zu helfen. Wie bescheuert kann man nur sein? Der Typ betrügt dich am Laufmeter, erntet die Lorbeeren, die dir zustehen und du schaust in aller Seelenruhe zu. Was hat er denn so Besonderes? Was kann er dir bieten, das ein anderer Mann nicht bieten könnte? Sharon, du hast einen Vollschuss."

„Ich habe so viel in Neal investiert – an Gefühlen, an .... – ach das verstehst du nicht."

„Und was hast du zurückbekommen? Nichts würde ich mal sagen, nichts außer Enttäuschungen, Demütigungen und Verachtung. Hast du eine masochistische Ader oder hast du einen langfristigen

Schlachtplan? Du heiratest ihn, bringst ihn dann um oder verkaufst ihn an eine Nymphomanin aus der Südsee und reißt dir das Weingut unter die Nägel. Oder kannst du mir eine vernünftige Antwort geben?"

Nun bahnten sich Tränen ihren Weg und liefen ungebremst über Sharons Gesicht. Wortlos reichte Lotty ihr ein Papiertaschentuch.

„Du hast ja recht", gab Sharon nach einer Weile zu. „Ich habe mir das so schön ausgemalt: Mit ihm zusammen das schönste Weingut Englands zum besten Weingut Englands zu machen. Aber irgendwie ..."

„Es läuft im Leben selten so, wie man es sich vorstellt. Aber du kannst sicher sein, es gibt noch mehr Männer und auch noch andere Weingüter in England. Da wäre mir an deiner Stelle nicht bange. Jedenfalls nicht bei den Weingütern."

„Blöde Kuh", entgegnete Sharon mit einem leichten Lächeln auf den Lippen. „Du bist ja gerade die richtige Ansprechperson, wenn es um Männer geht."

„Jedenfalls weiß ich, wie man sie wieder los wird."

„Und was soll ich jetzt machen?"

Lotty nahm ihr Frühstücksgeschirr und stellte es auf die ohnehin schon überbordende Resopal-Arbeitsplatte in der Küche. „Ich schlage vor, du fährst mit mir nach Warlingham und hilfst mir, die Bude auszuräumen. Ich habe einen großen Container organisiert, um den ganzen Plunder, der im Haus herumsteht entsorgen zu können. Du glaubst ja nicht, was sich in so einem Haus alles ansammeln kann."

Sharon blickte einmal quer durchs Zimmer und meinte dann: „Doch, das kann ich gut."

„Kommst du mit? Dabei kannst du auf andere Gedanken kommen. Bringt doch nichts, sich den ganzen Tag mit Neal zu beschäftigen. Der soll sich doch seine Abwechslungen suchen. Louise wollte auch zum Helfen kommen."

„Das kann ja lustig werden. Ich hoffe, du hast was zu trinken im Haus deiner Großeltern."

„Daran wird es nicht fehlen. Und bis wir in Warlingham sind, erzähle ich dir schon mal, was ich bisher im Tagebuch meines Großvaters gelesen haben."

Sharon runzelte die Stirn. „Tagebuch?"

„Ja, ich habe ein altes Tagebuch gefunden. Es stammt aus alten Kriegstagen und den Jahren danach und wenn ich es richtig verstanden habe, war mein Großvater dabei, London zu bombardieren. Und dann hat er meine Großmutter getroffen."

„Mit einer Bombe?" Sharon sah ihre Freundin irritiert an.

„Nein, natürlich nicht. Ich habe erst kurz reinge-
schaut. Ich weiß nur, dass er Pilot oder so was war
und im Januar 1944 nach England gekommen ist.
Später schreibt er was über Großmutter. Aber so
weit bin ich noch nicht. Also eigentlich habe ich
noch gar nichts gelesen."

„Dann nimm das Buch doch auf die Fahrt nach
Warlingham mit. So können wir gemeinsam lesen.
Das hört sich ja wirklich spannend an. Dein Großva-
ter ein Bomberpilot, der seine potenziellen Frauen
bombardiert. Sollte ich auch mal ausprobieren.
Scheint ja erfolgreich gewesen zu sein."

8. Kapitel – Kampfgeschwader 100

Das Jahr 1943 neigte sich dem Ende zu und sein erstes Kriegsweihnachten als Soldat hätte sich Hans Förster wohl anders vorstellen können. Die Weihnachtstage gingen unter im alltäglichen Wahnsinn des Tötens und getötet Werdens, der Kälte und der Einsamkeit. Das Misstrauen auf allen Seiten hing wie ein bleierner Schleier über der von Hitlers enthusiastischen Reden ausgestreuten Zuversicht. Förster hatte das Gefühl, dass es nicht so lief, wie ihm Vorgesetzte und vor allem die Wochenschau zu vermitteln suchten. Warum war die Sowjetunion nicht schon längst besiegt? Vor allem beschäftigte ihn die Frage, wie die Alliierten im September in Italien hatten landen können. Seine eigene Staffel hatte einen Einsatz im Mittelmeer gegen amerikanische Schiffe. Und wenn die Amerikaner zusammen mit den Briten schon in Italien waren, war es doch nur eine Frage der Zeit bis sie auch in Frankreich standen. Dann käme die Stunde des französischen Widerstands, der schon jetzt eine große Gefahr für die Deutschen darstellte. Und was käme dann?

Hans Förster traute sich nicht, mit seinen Kameraden über die Lage zu sprechen, denn es gab genügend Spitzel und andere Spießgesellen, die einen kritischen Geist nur zu gerne verrieten. Die SS war nicht weit und immer wieder hörte man von standrechtlichen Erschießungen „volksschädlicher Elemente". Zwei Tage vor Weihnachten erfuhr Förster, dass er zum legendären Kampfgeschwader 100 abgeordnet wurde. Insgesamt drei Heinkel 177 samt Besatzungen wurden nach Nordfrankreich zum Luftwaffenstützpunkt Châteaudun verlegt, um sich für die weiterhin geplante Invasion von England bereitzuhalten. Nachdem es zu Anfang des Kriegs nicht gelungen war, Fuß auf dem britischen Festland zu fassen – lediglich die Kanalinseln waren deutsch besetzt – sollte es im neuen Jahr endlich soweit sein. Die Operation Steinbock, allen voran die schweren, viermotorigen Bomber, würden, nach Planung der Luftwaffenführung, den Engländern den endgültigen Todesstoß versetzen. Und damit wäre auch der Krieg gewonnen – Italien hin oder her.

Förster war skeptisch was die Fähigkeit der deutschen Luftwaffe und insbesondere was die Fähigkeit der Heinkel 177 betraf. Die Maschine war viel zu schwerfällig, technisch nicht ausgereift und für einen Sturzflug schlicht ungeeignet. Und ohne ausreichenden Schutz den britischen Abfangjägern hoffnungslos ausgeliefert. Es war zwar möglich und bereits erfolgreich demonstriert, dass die HE 177 funkgesteuerte Gleitbomben abwerfen konnte und als Fernaufklärer hatte der große Vogel ebenfalls seine Berechtigung, aber als durchschlagskräftige Wunderwaffe würde sie kläglich versagen. Davon war Förster überzeugt. Er flog nun schon lange genug in der Heckkanzel und wusste wie unbeholfen sich das Flugzeug im Luftkampf bewegte.

Die ersten Tage am neuen Standort waren ungewohnt, gleichzeitig aber auch eine willkommene Abwechslung. Zu Beginn des neuen Jahres gab es ein paar Einsätze im Atlantik und über dem Ärmelkanal, doch glücklicherweise hatten sie nur wenig Feindberührung. Lediglich einmal warf Försters Maschine Bomben auf britische Frachter ab. Und am Horizont konnte Förster britische Jäger erkennen, die jedoch nicht näher kamen.

Der Januar war kalt und in Châteaudun war es deutlich kälter als im südfranzösischen Bordeaux. Hans Förster fror entsetzlich, was sowohl an der unzureichenden Winterausrüstung als auch am Flugzeug lag, die Heckkabine der Heinkel war unbeheizt und in Flughöhe war es noch kälter als am Boden. Während sich die Soldaten in Bordeaux an den Abenden mit Alkohol und Frauen Ablenkung verschaffen konnten, spürte man hier den Hauch des Krieges deutlich. Zum ersten Mal in seinem Leben hatte Förster richtig Angst. Der Krieg war zu ihm gekommen, oder er zum Krieg. Das waren keine Scharmützel oder lästige Hinterhalte versprengter Widerstandskämpfer, das hier war die volle Grausamkeit. Regelmäßig gab es Angriffe alliierter Bomber auf den Luftwaffenstützpunkt und ständig war Fliegeralarm zu hören. Die Unterkünfte verdienten den Namen kaum – heruntergekommene Baracken aus dem vergangenen Jahrhundert, seit dieser Zeit kaum jemals einer Modernisierung unterzogen. So standen jeweils zehn metallene Stockwerkbetten in ehemals grün getünchten Räumen mit schmalen hölzernen Spinden, in denen kaum die Kleider und wenigen Habseligkeiten der Soldaten Platz fanden. Zwanzig Männer in einem engen Raum sorgten für Spannungen, und an einen erholsamen Schlaf war auch nicht zu denken. Nicht dass sich Soldaten im Krieg je erholen konnten, doch einigermaßen ausgeschlafen zu sein, war der Konzentration schon zuträglich. Gerade als MG-Schütze in einem Flugzeug. Feindliche Jäger sollten schnell erkannt und unschädlich gemacht werden. Dabei galt es auch Freund und Feind zu unterscheiden, gar nicht so einfach, wenn man in einer Glaskugel zwischen Himmel und Meer hing und im unendlichen Grau plötzlich schwarze Punkte auftauchten. War das bereits die nächste eigene Angriffswelle, zurückkehrende Geschwader oder feindliche Abfangjäger? In der Ausbildung hatte dies zunächst sehr einfach ausgesehen – theoretisch. In der kurzen praktischen Ausbildung, die man als solche kaum bezeichnen konnte, war überhaupt nichts mehr klar. „Meistens merkst du, dass es ein Feind ist, wenn er auf dich schießt", hatte ihm ein alter Feldwebel einmal gesagt. Und diese Aussage leuchtete ihm spätestens bei seinem ersten Kampfeinsatz ein. Damals, im Herbst 1943 flogen sie hinaus auf den Atlantik um einen britischen Konvoi anzugreifen. Sieben Frachtschiffe, begleitet von zwei Fregatten nahmen Kurs auf Südengland. Eine Staffel der Heinkel 177 folgte einer Staffel Dornier 217 und als sich Försters Flugzeug den Frachtschiffen näherte tauchten am Horizont die vermeintlich zurückkehrenden Dornier-Bomber auf. Doch es waren britische Mosquitos, zweimotorige Jagdflugzeuge, die offenbar die Frachter beschützen sollten. Glücklicherweise konnten sich die eigenen Jäger den Briten entgegenstellen, doch die deutschen Bomber mussten den Angriff abbrechen und kehrten zu ihrem Stützpunkt zurück. Die Dorniers blieben verschollen und wurden vermutlich von den Mosquitos oder der Flak der Fregatten abgeschossen. Spätestens zu diesem Zeitpunkt wurde Hans Förster bewusst, dass es nicht das einfache Spiel war, als das es immer dargestellt wurde: Die heldenhafte Luftwaffe fliegt mit ihren Bombern über feindliche Ziele, lädt ihre Tod bringende Fracht ab und kehrt unversehrt nach Hause zurück. Der Feind wusste sich zu verteidigen und die große Überlegenheit der deutschen Waffensysteme zu Beginn des Krieges hatte man offenbar eingebüßt. Und während die Wunderwaffe, die Messerschmitt ME 262, der erste Düsenjäger nur langsam bei der Luftwaffe eingeführt wurde, tauchte plötzlich sein britisches Gegenstück, die Gloster Meteor am Kriegshimmel auf. Ein solches Flugzeug im Nacken, das mehr als doppelt so schnell war, wie die Propellermaschinen und vor allem wendiger, als der schwerfällige „Greif" in dem er selbst saß, ließen seine Zuversicht schwinden. Im Januar des Jahres 1944 hatte diese Zuversicht ihren Tiefpunkt erreicht. Förster hoffte nur, dass es bald los ging, dass es bald vorüber war. Seinen Kameraden ging es nicht viel anders, auch wenn es keiner zugegeben hätte. Denn das wäre Wehrzersetzung gewesen und hätte im besten Fall schwere Disziplinarmaßnahmen nach sich gezogen. Denn noch immer waren sich Partei und ihr langer Arm in Wehrmacht und Gesellschaft sicher, dass nur Deutschland den Krieg gewinnen kann. Wer daran zweifelte war ein Volksverräter.

Und dann ging es endlich los. Am Abend des 21. Januar 1944 startete die erste Welle deutscher Bomber in Richtung England, im Abstand von sechs Stunden folgte die zweite Welle. Insgesamt sollten 447 Flugzeuge London angreifen. Doch das Flugzeug von Hans Förster kam gar nicht so weit. Aufgrund technischer Probleme musste rund die Hälfte der viermotorigen Kampfbomber ihren Angriff abbrechen und zum Stützpunkt zurückkehren. Und die Bomber, die England erreicht hatten, fanden ihre Ziele nicht, so dass lediglich ein Bruchteil der Bomben überhaupt nach England kam. Der zweite Angriff am 29. Januar war ebenso ein Fehlschlag. Wieder hatten vor allem die Besatzungen der Heinkel 177 damit zu kämpfen, dass das Flugzeug eine Fehlkonstruktion war. Immerhin erreichte Hans Förster dieses Mal sein Ziel, doch zum erfolgreichen Abwurf der Bomben kam es nicht. Getroffen von der englischen Luftabwehr stürzte Försters „Greif" nördlich von Tunbridge Wells in einen englischen Wald.

9. Kapitel – Zugfahrt

Die beiden Frauen fuhren mit der U-Bahn bis King's Cross stiegen auf die Northern um bis London Bridge. Dort trafen sie Louise –Jeansrock, grüne Militärjacke, Lederstiefel und einer wilden Löwenmähne, mutmaßlich seit dem gestrigen Abend ungekämmt – die schon am Bahnsteig in Richtung Süden auf sie wartete.

„Ihr seid spät", stellte Louise mit einem Lächeln fest. „Zu viel getrunken gestern, wie?"

„Ich heiße nicht Emma. Im Übrigen wiederholst du deine Feststellungen. Wir sind ja da. Die Arbeit läuft uns nicht weg und der Zug kommt doch gerade. Also sind wir pünktlich."

Louise verdrehte die Augen.

„Guten Morgen übrigens, wollen wir ein Haus entrümpeln oder streiten?", mischte sich Sharon in den Disput ein.

„Wir streiten uns nicht", kam es unisono von Lotty und Louise. „So begrüßen wir uns immer", stellte letztere erklärend fest.

„Das kann ja lustig werden."

„Wird es sicherlich auch, Sharon."

Sie stiegen in einen nagelneuen Vorortzug und Lotty wunderte sich über die Entwicklung, die die britischen Bahnen in den vergangenen zwanzig Jahren genommen hatten. Als Kind, konnte sie sich erinnern, waren die Züge eine Zumutung. Die Politik von Margaret Thatcher hatte in den 1980er Jahren dazu geführt, dass von der stolzen „British Rail" nichts mehr übrig geblieben war. Die Bahn wurde zerschlagen, privatisiert und viele Strecken stillgelegt. Und wie es für private Unternehmen üblich ist, waren diese nicht am Komfort der Reisenden interessiert, sondern lediglich daran, wie sie ihren Gewinn maximieren konnten. Unterhalt von Schienen und Neuanschaffung von Waggons und Lokomotiven gehörten nicht dazu. Nicht einmal die Reinigung der Züge wurde gewährleistet, von den Bahnhöfen ganz zu schweigen. Dementsprechend verwahrlosten diese immer mehr und waren allenfalls bei Menschen mit zweifelhaften Absichten und Obdachlosen beliebt. Zugfahren war zu dieser Zeit ein teures, wenig erfreuliches Vergnügen. Erst in den letzten Jahren hatte eine echte Renaissance eingesetzt; Bahnstrecken wurden renoviert, wiederbelebt und ausgebaut und dazu kamen neue, moderne Züge, die das Bahnfahren wieder attraktiv machten. Was Lotty bei britischen Bahnhöfen besonders schätzte war der Umstand, dass man nur mit einem gültigen Ticket Zugang zu den Bahnsteigen erhielt. Dadurch wurde weitgehend verhindert, dass Menschen, die anderes im Sinn hatten, als mit dem Zug zu fahren, dort hin gelangten, wo sie nichts verloren hatten.

Der Zug, in den die drei Frauen jetzt einstiegen, sah nicht nur neu aus, er roch auch noch nagelneu. Er war gut gefüllt aber sie fanden noch genügend freie Plätze, so dass sie alle beieinander sitzen und sich unterhalten konnten.

„Du wirst länger zu deiner Arbeit brauchen, als bisher", stellte Sharon fest.

„Ja, aber es ist recht einfach. Mit dem Zug zur London Bridge, dort umsteigen bis Charing Cross oder mit der U-Bahn, das muss ich noch ausprobieren. Im Zug kann ich aber noch Zeitung lesen oder am Computer arbeiten, in der Tube geht das nicht."

„Du wirst noch zum Landei."

„Wie kommst du denn darauf, Lou?"

„Im Moment wohnst du mitten in der Stadt und dann mitten im Nichts. Da oben auf so einem Hügel, wo sich Fuchs und Hase gute Nacht sagen."

Lotty lachte. „Na so schlimm ist es nun auch wieder nicht. Es ist nicht halb so spießig, wie in Belgravia bei diesen eingebildeten Langweilern. Natürlich hat Warlingham einen ländlichen Charme, aber es hat auch einen Bahnhof, der mich in wenigen Minuten ins Herz von London bringt."

„Die Züge, nicht der Bahnhof."

„Du bist und bleibst ein Klugscheißer, Lou."

„Ich bin Lehrerin, auch wenn ich aus der Arbeiterschicht stamme und es auch nicht zu verbergen suche, weil ich darauf sehr stolz bin. Jetzt erzähl aber mal von deinem Großvater. Was schreibt der denn in seinem Tagebuch?"

„Sie hat es noch nicht gelesen", mischte sich Sharon ins Gespräch ein.

„Immer noch nicht?"

Lotty nickte. „Ich bin leider noch nicht dazu gekommen. Es beginnt aber irgendwann im Krieg. Großvater war Besatzungsmitglied in einem Bomber."

Louises Miene verfinsterte sich. „Hat tausende Engländer in den Tod geschickt. Heil Hitler."

„Du bist echt blöd, Lou. Waren die englischen Bomberpiloten, die Dresden bombardierten besser? Oder deren Befehlshaber?"

„Es war Krieg."

„Eben. Und mein Großvater wurde von der Schule weg in ein Flugzeug gesetzt. Ich glaube nicht, dass er sich das ausgesucht hat."

„Die Deutschen haben doch ihren Hitler gewählt."

„So ganz stimmt das nicht, meine Liebe. Seine Partei war schon wieder auf dem absteigenden Ast, als sich die konservativen Parteien dazu entschieden, lieber mit der Hitlerpartei zu koalieren, als mit den Sozialdemokraten oder der katholischen Zentrumspartei. Die deutschen Nationalsozialisten hatten niemals eine parlamentarische Mehrheit und die Verfassung konnte nur dadurch geändert werden, weil die Kommunisten verboten und die Sozialdemokraten kaltgestellt wurden. Zum Anlass hat Hitler übrigens den Brand des Reichstags genommen, was er den Kommunisten in die Schuhe schob. Danach wurden die Freiheitsrechte mehr und mehr eingeschränkt."

Sharon hörte mit großen Augen zu. „Das hört sich sehr nach Erdogan an."

„Wie bitte?"

„Na der Türke macht das doch genau so. Er nimmt den Putschversuch zum Anlass alle oppositionellen Kräfte zu verhaften, säubert Militär, Polizei, Schulen, Hochschulen und so weiter und ändert dann die Verfassung nach seinem Gusto. Und weil die Mehrheiten nicht reichen, stellt er die Kurdenpartei kalt. Hitlers Machtergreifung als Blaupause für Erdogan. Bleibt zu hoffen, dass es nicht so endet, wie damals."

„Oh je, bist du auch so eine Historikerin wie Lotty?", fragte Louise leicht irritiert.

„Ich bin zwar schwarz, aber nicht doof. Nein eigentlich bin ich Kellermeisterin."

Jetzt wirkte Louise noch irritierter, worauf Sharon ergänzte: „Ich arbeite in einem Weinkeller und mache Weine und Champagner."

„Aha. Du füllst den Wein nach dem Gären ab?"

„Ja, so ungefähr."

„Hm", Louise wirkte nicht sicher, was sie davon halten sollte. Daher kam sie auf Lottys Großvater zurück. „Und wie war das jetzt mit dem Deutschen im Bomber?"

„Das weiß ich noch nicht so genau. Er war auch kein Bomberpilot sondern MG-Schütze."

„Im Flugzeug?"

„Ja, Bomber konnten sich ja nicht mit Bomben verteidigen. Dazu brauchten sie Maschinengewehre und genau so eines hat mein Großvater John bedient. Damals hieß er aber noch Hans, Johannes genaugenommen. Aber es hat ihm nicht viel geholfen. Er ist über Südengland abgestürzt."

„Gute Royal Air Force."

„Es kann auch sein, dass sein Flugzeug technische Probleme hatte, anscheinend war der Typ mit dem er geflogen ist nicht ausgereift."

„Egal, ein Feind weniger."

„Wenn du meinst. Aber ohne meinen Großvater gäbe es mich auch nicht und du hättest niemanden mit dem du am Freitag Abend trinken könntest, Emma mal ausgenommen."

Louise zog ein breites Lächeln über das ganze Gesicht. „Da hast du recht. Und wie ging es weiter? Grandpa abgestürzt und dann?"

„So weit bin ich noch nicht. Irgendwie muss er meine Großmutter getroffen haben. Ich bin mal gespannt, was er dazu so schreibt."

„Das ist ja eine richtige Liebesgeschichte." Louise strahlte. Liebe, Sex und Alkohol waren das, was sie am Leben am meisten interessierte. Lotty wunderte sich manchmal, was sie mit Louise und Emma eigentlich verband. Sie lebten in vollkommen unterschiedlichen Welten, hatten einen familiären Hintergrund, der unterschiedlicher nicht sein konnte und dennoch, Emma und Louise waren Menschen, auf die immer Verlass war, egal was kommen mochte. Sie waren echte Freundinnen und da spielte es keine Rolle, dass beide nicht wussten wer Emmeline Pankhurst war, ob nun Louise Lehrerin war oder nicht. Es kam Lotty irgendwie so vor, als wären Emma und Louise die Freundinnen fürs Herz und Sharon die Freundin für den Verstand, obwohl sie mit dieser Einschätzung Sharon sicherlich kränken würde, denn Sharon hatte immer auch einen gewissen „Fun-Faktor" zu bieten, es sei denn, sie hatte Liebeskummer, was bei ihren, grundsätzlich komplizierten Partnerschaften leider oft der Fall war. Im Grunde hatten alle vier Frauen permanente Beziehungsprobleme, doch vielleicht hatten alle Frauen der Welt permanente Beziehungsprobleme, mit Ausnahme von Charlene Anderson, Lottys perfekter

Nachbarin, der immer alles gelang und die immer wie aus dem Ei gepellt aussah.

Der Zug bewegte sich langsam aus der Stadt heraus in südliche Richtung, die Landschaft wurde ländlicher, als ein Zugschaffner, der heutzutage sicherlich eine andere, entweder sinnfreie oder lächerliche Bezeichnung hatte, ins Abteil kam und die Tickets sehen wollte. Lotty war überrascht, dass Louise ihres auf Anhieb fand und nicht hektisch in ihrer Handtasche herumwühlen musste. Der Schaffner war ein gutaussehender Mann mit Dreitagebart und markantem Ring im Ohr – irgendein keltisches Symbol, wie Lotty mutmaßte und seine blaue Uniform saß wie angegossen. Außerdem stand sie ihm, wie Lotty fand. Mechanisch reichte sie ihm ihr Ticket und verlor sich dabei fast in seinen tiefblauen Augen.

Sharon und Louise mussten sich beherrschen, um nicht in lautes Gelächter auszubrechen, doch als der Schaffner den Waggon verließ, prusteten beide lauthals.

„Du hättest dich sehen müssen, zu blöd, dass ich kein Bild gemacht oder es gefilmt habe", sagte Louise, die Mühe hatte in einen regelmäßigen Atemrhythmus zurückzufinden.

„Ein Teenager kann nicht peinlicher sein, als du Lotty", stellte auch Sharon fest.

„Wieso, war was?", antwortete die Angesproche-ne trocken und schien sich wieder gefangen zu haben.

„Stehst du jetzt auf Uniformen?"

„Nein, das ist immer noch Emma. Ich war nur etwas in Gedanken versunken."

„Hat mir nicht heute Morgen noch jemand geraten, Beziehungsfragen sachlich zu betrachten?", stichelte Sharon.

„Jetzt macht mal halblang. Nur weil mich ein Zugschaffner an einen alten Bekannten erinnert, habe ich wohl noch keine Beziehung zu ihm. Außer derjenigen, dass er meine Fahrkarte überprüft."

„Jetzt wird es ja spannend. Los erzähl mal von dem alten Bekannten. Von dem wissen wir ja noch gar nichts. Oder hat sie dir schon von dem geheimnisvollen Mann aus der Vergangenheit erzählt, Sharon?"

„Nein, der ist mir auch unbekannt."

„Na dann mal los! Was hast du uns bisher verheimlicht?"

Sich nicht wohl in ihrer Lage fühlend rutschte Lotty auf ihrem Sitz herum und spürte, wie eine unvermeidliche Röte in ihr Gesicht stieg, was ihr Unwohlsein noch verstärkte. Sie schlug die Hände vor ihr Gesicht, atmete tief durch, lehnte sich zurück und sagte dann: „Da gibt es nicht viel zu erzählen. Das ist schon ein paar Jahre her. Und da war so ein

Typ. Mit dem war ich ein paar Mal aus und dann hat er sich nicht mehr gemeldet. Ende der Geschichte."

Sharon, die Lotty gegenüber saß, beugte sich zu dieser hinüber, so dass fast ihre Nasenspitzen aneinanderstießen. „Jetzt bin ich aber mal gespannt. Da gibt es ein unerforschtes Geheimnis in deinem Leben."

Louise lachte verschmitzt. „Das Trauma ihrer Vergangenheit. Nun erzähl uns einfach alles, und du wirst sehen, deine Probleme, Sorgen und Nöte lösen sich von selbst."

Lotty rammte ihren Ellbogen in Louises Seite. Sie fühlte sich nicht nur unsicher sondern ärgerte sich auch darüber, dass dieses, von ihr längst verdrängte Thema, jetzt zur Sprache kam. „Und über meine Großeltern wollt ihr nicht mehr wissen?"

Sharon, die sich wieder lässig zurückgelehnt hatte, zog einen Kaugummi aus ihrer Jackentasche – „Mag jemand einen?" – und steckte ihn genüsslich in den Mund. „Meine Liebe, gerade hast du uns erklärt, dass du das Buch noch nicht gelesen hast, also kannst du auch keine Neuigkeiten über den Großvater erzählen. Ich denke, wenn wir im Haus sind, finden wir noch genügend Themen aus der Vergangenheit deiner Familie. Und bis dorthin wäre es schön, du würdest uns an deiner Affäre mit diesem geheimnisvollen Mann teilhaben lassen."

„Da kann ich dir nur voll zustimmen. Wir sind ganz Ohr."

Erneut atmete Lotty tief ein und ließ die Luft prustend entweichen. Sie schaute nach draußen wo graue Vorstadthäuser vorbei zogen. Sollte sie den beiden tatsächlich von damals erzählen? Welche Veranlassung hatte sie dazu? Außerdem gab es da wirklich nur wenig zu sagen. Auf der anderen Seite löcherte sie ihre Freundinnen auch ständig und fragte sie nach längst verflossenen Liebschaften aus. Da war es nur fair, wenn sie den beiden jetzt antwortete. Sie musste ja nicht alles in allen Einzelheiten ausbreiten. Und schließlich wusste sie auch gar nicht mehr genau, wie es seinerzeit war.

„Du machst es aber spannend", meinte Louise und riss Lotty aus ihren Gedanken.

„Es ist nicht spannend." Und im gleichen Moment überkam sie die ganze Unsicherheit, die sie in den vergangenen Jahren nur mit Mühe hatte ablegen können. Nach außen wirkte sie zwar immer so selbstsicher aber in ihrem Innern tobte ständig ein Kampf zwischen ihr und tausend Teufeln, die ihr einredeten, sie wäre zu groß, zu dick, hätte ein langweiliges, schlecht proportioniertes Gesicht, einen zu kleinen Busen, keine Ausstrahlung und eine viel zu piepsige Stimme – kurz der Inbegriff der grauen Maus. „Ja, was gibt es da zu erzählen?"

„Das fragen wir dich?", antwortete Louise und zog den verblassten Lippenstift nach.

„Also, wenn ihr es so haben wollt, aber sagt nachher nicht, dass ich euch gelangweilt habe."

Sharon streckte ihr die Zunge heraus.

„Es war im Sommer vor sieben Jahren. Ich war noch mitten im Studium, jung und unerfahren und ich war nach Cornwall gefahren, um mir dort alte Kirchengebäude anzusehen. Vor allem die St German's Priory hatte es mir dabei angetan. Die erste Kirche wurde dort schon im Jahre 430 gegründet und im Mittelalter wurde die Kirche Sitz des Bischofs von Cornwall. Der wollte einen repräsentativen Bau und die alte angelsächsische Kirche wurde durch einen, im normannischen Stil errichteten Bau ersetzt...."

Sharon hob die rechte Hand und unterbrach Lotty in ihrem Erzählfluss: „Das ist ja spannend, aber wir möchten keinen Vortrag über mittelalterliche Kirchen – auch wenn du dich da sicherlich auskennst."

„Das ist wichtig, denn das gehört alles zusammen. Soll ich nun weiter erzählen?"

Sharon nickte.

„Die Kirche ist wirklich sehr interessant, vor allem die Westeingang ist wirklich beeindruckend." Lotty warf Sharon einen scharfen Blick zu. „Heute wird die Kirche natürlich nach wie vor genutzt, es ist eine anglikanische Kirche, die Unterhaltung wird jedoch hauptsächlich von einer Stiftung geleistet."

„Und du hast dich in den verheirateten Pfarrer verliebt?", quakte Louise dazwischen.

„Nein in einen Polizisten."

„Hm. Und was hat das mit der Kirche zu tun?", fragte Sharon.

Lotty schaute wieder aus dem Fenster bevor sie antwortete. „Wenn ihr mich nicht ständig unterbrechen würdet, könnte ich viel besser erzählen." Sie machte eine Kunstpause. „Nicht viel, eigentlich. Aber es hatte einen Unfall gegeben, vor der Kirche. Genaugenommen hat ein alkoholisierter Fahrer das Friedhofstor aufs Korn genommen. Und ein paar Polizisten haben den Unfall aufgenommen."

„Und du hast gleich angefangen mit einem der Polizisten zu flirten?"

„Nein Louise, der Polizist hat mich befragt, als Zeugin des Unfalls."

„Hast du was gesehen?"

„Leider nein, ich war in der Kirche und habe nur einen blechernen, dumpfen Schlag gehört. Dennoch hat mich der Polizist sehr intensiv befragt, offenbar fand er mich sympathisch. Wie auch immer, er hat gefragt, ob ich aus London käme...."

„Dein Akzent ist ja unverkennbar: Londoner Snob!", meinte Louise lachend und ließ dabei keinen Zweifel dass sie ein echter Cockney war.

„Dich hätte er auch gar nicht verstanden, meine Liebe. Und so sind wir eben ins Gespräch gekommen. Er fragte mich, weshalb ich in Cornwall sei und so und dann machte ich den Vorschlag, ihm am Abend mehr davon zu erzählen, wenn er einen netten Pub wüsste."

Sharon kaute derweil auf ihrem Kaugummi herum und verzog keine Miene.

„Und dann trafen wir uns im Eliot Arms." Wieder schaute sie zum Fenster hinaus und bemerkte, dass ihr Ziel näher kam. „Wir saßen zusammen an der Bar, bis sie uns hinausgeworfen haben und am nächsten Abend haben wir uns wieder getroffen. Der Typ war echt nett. Aber er war nun mal Polizist am Ende der Welt. Ich war hin und her gerissen... Um es kurz zu machen, wir sind dann sogar gemeinsam nach Frankreich in Urlaub gefahren: Côte d'Azur, nach Cassis. Das waren echt zwei tolle Wochen. Und danach ging ich wieder nach London zurück und er nach Cornwall." Lotty schloss die Augen und senkte den Kopf. „Er hat jeden Tag angerufen, doch mir war mein Studium wichtiger. Wir haben uns noch zwei oder drei Mal getroffen aber dann habe ich Schluss gemacht. Ich war so bescheuert."

Louise und Sharon sahen sich schweigend an und dann fragte letztere: „Hat der Polizist auch einen Namen?"

Lotty nickte: „Steve Harris."

„Wie der Bassist von Ironmaiden", stellte Louise fest.

„Genau und deshalb war sein Spitzname auch Eddie."

„Kann mich mal jemand aufklären?", fragte Sharon irritiert.

„Ja meine Gute, Eddie ist eine Mumie und das Maskottchen von Ironmaiden. Ich glaube, dass ich der einzige war, der ihn Steve nannte. Das Lustige daran ist, dass Steve die Musik von Ironmaiden überhaupt nicht mochte. Keine Ahnung wie er zu diesem Spitznamen kam." Lotty schüttelte den Kopf und stieß ein kurzes Lachen aus.

„Solche Namen gibt man sich ja nicht selbst. Vermutlich fand das jemand lustig und hat ihn dann so genannt, und manchmal bleibt so etwas eben", stellte Sharon stirnrunzelnd fest.

„Ich finde die eisernen Jungfrauen gut", ließ Louise überzeugend verlauten.

„Das interessiert eigentlich niemand im Moment und tut auch nichts zur Sache." Sharon wandte sich wieder Lotty zu. „Und was ist dann passiert?"

„Was soll passiert sein? Nichts. Ich blieb in London, Steve in Cornwall."

„Dich soll einer verstehen. Da ist so ein Typ, den du echt gut findest, und dann servierst du ihn ab, nur weil er in Cornwall lebt."

„Ach du verstehst das nicht. Ich wollte erst mein Studium beenden und..."

„... hast an Mami und Papi gedacht, die nicht mit einem einfachen Polizisten zufrieden waren. Was haben die denn von der Sache gehalten?"

Lotty warf Sharon einen bissigen Blick zu. „Die wussten von nichts. Ich habe schon lange vorher aufgehört, meinen Eltern Wasserstandsmeldungen über mein Liebesleben abzugeben." Wieder hielt sie kurz inne. „Aber du hast recht. Ich dachte an mein Studium und meine Eltern. Die hätten mich, trotz aller Toleranz, enterbt. Ich war damals einundzwanzig. Aber es ist schon so, heute denke ich, dass ich eine große Chance vertan habe. Ich hätte es zumindest versuchen können."

„Wo ist das Problem?", warf Louise ein. „Du bist heute eine erfolgreiche Kunsttante, Single und kannst es noch einmal probieren."

Lotty zog die Augenbrauen hoch. „Ich kann dir nicht ganz folgen."

Louise zeigte ihr entwaffnendes Lächeln. „Ruf ihn an, schreib ihm – du wirst doch sicher noch eine Telefonnummer, Adresse oder E-Mail haben – und wenn das nicht funktioniert, fahr einfach nach Cornwall. Ruf bei seinem Polizeirevier an, frag ob er noch dort ist. Im schlimmsten Fall ist er verheiratet oder hat sich aus Kummer drei Zentner angefressen."

„Ich kann doch nicht nach dieser langen Zeit kommen und ihm sagen: *Ach ich war damals noch nicht bereit, jetzt bin ich mir aber sicher.* Und dann einfach so tun, als wäre nichts gewesen."

Der Zug fuhr langsam in den Bahnhof von Upper Warlingham ein, Lotty stand auf und nahm ihre Tasche von der Gepäckablage herunter.

„Doch, das kannst du. Einfach nicht zu viele Gedanken machen, du grübelst über alles viel zu lang nach, wägst ab und zögerst. Nimm dir vor, mit ihm Kontakt aufzunehmen und tu es einfach. Wahrscheinlich hast du keinen Erfolg, aber dann brauchst du dir auch keine Gedanken mehr darüber zu machen, dann war es einfach so."

Die drei gingen zielstrebig zum Ausgang und der Zug kam zum Stehen.

„Da kann ich Louise nur zustimmen", ergänzte Sharon beim Aussteigen. „Und wenn du Glück hast, hat sich Steve aka Eddie gerade von seiner herrschsüchtigen Freundin getrennt und ist überglücklich, dich wieder in seine Arme schließen zu können."

„Ihr seid doch beide komplett bescheuert", sagte Lotty aber insgeheim dachte sie, dass diese Idee vielleicht doch gar nicht so dumm sein könnte. Zu verlieren hatte sie jedenfalls nichts.

10. Kapitel – Absturz

Dieses Mal sollte es klappen. Aufgrund technischer Probleme und missverständlicher Positionsangaben wurde der erste Angriff zum Fehlschlag. Hans Förster wusste, dass das gesamte Geschwader nur wenige Bomben ins Ziel brachte und bei den anderen sah es offenbar nicht viel besser aus. Da half es auch nur wenig, dass die Militärführung von einem großen Erfolg sprach, von einem ersten Hammerschlag gegen England, dem weitere folgen würden.

Es war kalt und der Himmel war grau an diesem Januartag und Förster verspürte eine innere Unruhe, die ihm fremd war. Er kannte sowohl das Gefühl der Angst und auch die Nervosität, wenn ein Einsatz in der Luft bevorstand, doch dieses seltsame Kribbeln, das förmlich in jede seiner Fasern kroch war ihm bislang fremd gewesen. Schon am frühen Morgen vor dem Weckruf des Blockfeldwebels, eines vierschrötigen Bauern aus der hintersten Ecke Pommerns, der schon durch seinen Anblick furchteinflößend war, bei näherer Betrachtung sich hingegen als schreckhafter Dummkopf entpuppte, lag Förster wach in seinem Bett und glaubte, sein Blut würde in den Adern zu kochen beginnen. Selbst die Luft schien sich verfestigt zu haben, so schwer fiel ihm das Atmen. Es bedeutete eine wahre Kraftanstrengung, die Luft durch die Nase und Luftröhre in die Bronchien zu saugen. Ihn überfiel die Befürchtung, sich eine Grippe eingefangen zu haben – eine Katastrophe, denn mit Fieber wäre er als Heckschütze ein Totalausfall und würde sich und die Kameraden gefährden. Doch es gab keinen Ersatz für ihn oder auch andere Erkrankte im gesamten Geschwader und daher nahm auch niemand Rücksicht auf allfällige Leiden. Doch Förster stellte bald fest, dass er an keinerlei grippalen Beschwerden litt, er hatte weder Fieber noch war im schwindelig. Nur diese Unruhe, ein Gefühl, als trüge er ein zu Stein gewordenes Herz in der Brust, ein dumpfer Druck im Magen – an diesem Tag war alles anders als sonst.

Nach dem Wecken stellten die Männer fest, dass die Duschen – ein bescheidener Luxus – ausgefallen waren. Das Frühstück im kalten und kargen Speisesaal verdiente seinen Namen kaum, es gab dünnen Kaffee mit einer Scheibe Brot und immerhin etwas Butter. Und dann ging es hinaus in den Hangar zu den „fliegenden Blechkisten", wie Werner Zettelmann, sein Pilot immer zu sagen pflegte. Dort kümmerten sich schon die Mechaniker um die anfälligen Doppelmotoren – ein Oberst behauptete zwar, dass Heinkel bereits daran arbeitete die vier Motoren bei der HE 177 einzeln aufzuhängen, doch mehr als ein erster Prototyp sei noch nicht dabei herausgekommen. Diese verdammten Doppelmotoren! Kompliziert und kaum sinnvoll zu synchronisieren, mussten doch zwei Motoren einen Propeller antreiben. Und warum das Ganze? Nur weil es zu Beginn des Krieges ein paar Erfolge durch Sturzkampfbomber gab – kleine, wendige Kampfbomber, die ein Ziel im Sturzflug angreifen und dann, aus geringer Höhe die Bomben abwerfen konnten. Aber doch nicht die Heinkel 177, ein riesiger Vogel, schwerfällig aber mit großer Reichweite. Dieses Flugzeug war ein Fernbomber, der mehr als 8.000 Meter hoch fliegen konnte. Aus dieser Höhe konnte in aller Ruhe die totbringende Fracht entladen werden, ohne Gefahr zu laufen, von feindlichen Flugabwehrkanonen vom Boden aus behelligt zu werden. Und wenn man in der Nacht flog, konnte man in großer Höhe in den feindlichen Luftraum eindringen, ohne bemerkt zu werden. Wieso also im Sturzflug ein Ziel angreifen? Manchmal zweifelte Hans Förster an der Fähigkeit des Generalstabs. Mutmaßlich hatte der „große Feldherr", wie Hitler hinter vorgehaltener Hand bei den Fliegern genannt wurde, selbst diese unsinnige Vorgabe gemacht.

Am Vormittag überprüfte Försters Besatzung die Funktionsfähigkeit ihres Fliegers, während die Männer des Bodenpersonals das Flugzeug mit Bomben beluden. Am Nachmittag wurde die Maschine noch betankt und dann stellte sich das zähe Warten auf den Abend ein.

Försters Unruhe war im Verlauf des Tages nicht gewichen. Zwischendurch hatte er sie allenfalls verdrängt, doch sie hatte sich wie eine Klette an ihm festgesetzt.

Die vier Motoren dröhnten, die ganze Maschine vibrierte und die Männer saßen angespannt auf ihren Plätzen. Langsam rollten die schweren Bomber hinaus auf die Rollbahn, um ihre tödliche Fracht jenseits des Ärmelkanals zu entladen. Hans Förster konnte die Spannung kaum mehr ertragen und in den Gesichtern der Kameraden hätte er ähnliches erblicken können, wäre er nicht einsam und alleine in seiner Heckkabine gesessen. Noch nie hatte er die Einsamkeit, die hilflose Ohnmacht vor dem was zu kommen drohte so sehr gespürt, wie an diesem Abend. Außer einem Kaffee am Morgen hatte er nichts getrunken, dennoch trieb ihn die Nervosität den ganzen Tag unzählige Male auf die Toilette. Er hoffte, dass ihm dieses während der Zeit im Flugzeug erspart blieb, wenn gleich es auch hierfür Lösungen gab.

Sehen konnte Förster nur wenig, die Nacht hatte sich schon vor einiger Zeit über den Luftwaffenstützpunkt gelegt und sämtliche Positionslichter waren ausgeschaltet, um dem Feind keine Anhaltspunkte zu geben. Ganz schemenhaft erkannte er das nachfolgende Flugzeug, doch das laute Brummen hunderter Motoren verbreitete schon jetzt einen apokalyptischen Schrecken. Für endlos sich dahinschleppende Minuten stand sein Flieger am Zubringer zur Startbahn und er befürchtete schon, zum Ziel alliierter Angriffe zu werden, noch bevor es richtig losgegangen war. Nach einer Weile nahm das Donnern der Motoren zu, die ersten der Heinkel 177 starteten. Und dann endlich setzte sich die Maschine in Bewegung. Erst langsam und wiederum fast endlos lange, Förster spürte, wie es im großen Bogen auf die Rollbahn ging und sich dann die Geschwindigkeit und Lautstärke immer mehr steigerten, bis sie endlich vom Boden abhob. Hans Förster glaubte, die Maschine würde auseinanderbrechen, so stark vibrierte sie, so stark hatte er dies noch nie empfunden, und schließlich hatte er inzwischen schon viele hundert Flugstunden hinter sich gebracht.

Er saß still in seiner gläsernen Kuppel, nichts als den schwarzen Nachthimmel um sich herum und das Brummen der Motoren. Förster wusste, dass sie sich mit mehr als 400 Kilometern in der Stunden ihrem Ziel zubewegten, London also in Kürze erreichen würden. Und wenn alles gut ging, wäre er um Mitternacht schon längst im Bett – oder würde mit den Kameraden den erfolgreichen Angriff feiern.

Doch dass an diesem Tag nicht alles so verlaufen würde wie geplant, spürte Hans Förster nicht nur am starken Vibrieren. Sie hatten bereits den Kanal erreicht und noch immer war kaum etwas zu erkennen. Doch plötzlich bemerkte er einen Lichtblitz, der sich zu einem hellen Flackern entwickelte. Ganz offensichtlich hatte der Motor eines Flugzeuges Feuer gefangen – ohne Feindeinwirkung. Der Pilot konnte seine Maschine nicht mehr halten und Förster musste zusehen, wie sie langsam auf die Seite kippte und aufs Meer stürzte. Erschrocken versuchte Hans Förster wieder zur Ruhe zu kommen und sich zu konzentrieren. Doch das gelang ihm nicht. Wie aus dem Nichts tauchten englische Abfangjäger auf. Hilflos musste er mit ansehen, wie die Spitfires drei Heinkel um ihn herum einfach abschossen, ohne dass sie sich wehren konnten. Wo waren die eigenen Jäger?

Försters Pilot löste sich offenbar aus der Formation, wenn es überhaupt noch eine gegeben hatte. Die Maschine stieg steil nach oben auf eine Höhe von über 8.000 Metern und wich nach Westen aus, um den Angreifern zu entgehen. Dieses Manöver schien zu glücken, denn der Luftkampf lag nach einer Weile in weiter Entfernung. Hans Förster war schockiert, gingen doch zahlreiche der eigenen Flugzeuge auf den Kanal nieder. Welche Chance hatten die deutschen Bomber ohne ihren Begleitschutz gegen die schnellen und wendigen englischen Jäger? Einmal mehr wurde ihm bewusst, wie schlecht sich die Bomber selbst gegen Angreifer wehren konnten. Was nutzten die Bordmaschinengewehre bei den schwerfälligen Maschinen? Und selbst das Heck-MG war lediglich nur bedingt tauglich, einen Jäger zu bekämpfen.

In großer Höhe, viel zu weit im Westen erreichten sie britisches Festland.

„Wo zum Teufel sind wir?", hörte er Zettelmann, den Piloten, über das Bordsprechgerät.

„Ich habe keine Ahnung", schrie Tribukait, der Navigator, ins Mikrofon und seine Stimme überschlug sich dabei fast.

„Das spielt doch keine Rolle. Wir sind in England und über der nächsten Stadt, die wir finden, werfen wir unsere Bomben ab", meinte Berger, der Schütze im B2-Turm, der mit Förster im Heck der Maschine saß, und versuchte dabei seine Stimme ruhig klingen zu lassen.

„Ich kann gar nichts sehen. Wir sind viel zu hoch", gab Förster zu bedenken, sagte aber nur deshalb etwas, weil er sich selbst beweisen wollte, dass er noch am Leben war.

„Ich fliege jetzt nach Osten, so müssten wir London, zumindest die westlichen Vororte, erreichen. Wenn ich was sehe, gehe ich runter und wir öffnen den Bombenschacht. Und dann geht es ab nach Hause", beschloss Zettelmann.

Förster hoffte, dass es bald so weit wäre und versuchte Mut zu fassen. In diesem Moment erhellte die Leuchtspurmunition der Flugabwehrkanonen den pechschwarzen Himmel. Doch außer diesen, wie gespenstisch wirkenden Malereien auf dunkler Leinwand, konnte er nichts erkennen. Die Maschine dröhnte weiterhin, niemand sagte ein Wort mehr und es schienen ihm Stunden zu vergehen, obwohl es nur wenige Minuten waren, die seit ihrem kurzen Wortwechsel verstrichen waren.

„Ist da unten jetzt irgendwas?", brüllte Müller, der Bordschütze und Co-Pilot.

„Nichts zu sehen", sagte Weber, der Schütze des B1-Turmes und auch Förster meinte, dass er nichts erkennen könne.

„Geh mal runter, damit man was sehen kann. Es hat doch keinen Wert, eine Kuhweide zu bombardieren", schlug Müller vor.

„Dass die uns mit einer Steinschleuder herunterholen? Das kommt gar nicht in Frage. Unsere Bomben fallen auch aus dieser Höhe herunter", antwortete Zettelmann ärgerlich.

Sie flogen kurze Zeit weiter und dann konnten sie zahlreiche Feuerbälle sehen, die plötzlich am Horizont auftauchten.

„Unsere Flieger waren erfolgreich", stellte Tribukait erfreut fest.

„Oder die feindliche Abwehr", knurrte Müller.

„Also, das kann nicht London sein", meinte Tribukait nach einer Weile. „Das ist viel zu weit südlich."

„Das sind die Küstenbatterien von Kent, schätze ich", befand Zettelmann, „und die Feuerbälle sind unsere Bomber."

„Ach du große Scheiße, hinter uns ist etwas."

„Dann schieß doch, Förster, oder willst du, dass die Spitfires uns herunterholen?"

„Und wenn es unsere eigenen Flugzeuge sind?"

„Schieß einfach", befahl Zettelmann.

Hans Förster war wie gelähmt, er starrte aus seiner Glaskugel nach hinten und sah, wie sich langsam aber sicher zwei Flugzeuge näherten.

„Verdammter Mist, die Bombenschächte lassen sich nicht öffnen."

„Dann versuch es nochmals, Müller. Und Förster, schieß endlich."

Dann ging es ganz schnell. Die Spitfires nahmen die Heinkel unter Feuer und Zettelmann begann zu fluchen.

„Sind wir getroffen?", fragte wer.

„Ja", antwortete der Pilot. „Wenn wir Glück haben, kann ich die Kiste irgendwo runterbringen. Müller!", schrie er, „was ist mit dem verdammten Bombenschacht?"

„Er öffnet sich."

„Dann raus mit den Bomben, egal wohin, denn wenn wir runter gehen, müssen die Bomben draußen sein, sonst können wir uns gleich abschießen lassen."

Die Bombenschächte öffneten sich und die Bomben regneten über einem großen Acker, südwestlich von London, den sie in eine Kraterlandschaft verwandelten. Mehr Schaden richteten sie nicht an.

Zettelmann versuchte die schwerfällige Maschine im Sturzflug nach unten zu bringen, dabei gelang es ihm, die Spitfires abzuhängen, zumindest jedenfalls zu verwirren, denn sie waren plötzlich nicht mehr zu sehen.

„Der Schaden ist ziemlich gravierend", meinte Zettelmann, „ich hab die Kiste nicht mehr richtig im Griff. Ich konnte sie zwar einigermaßen stabilisieren, aber nach Hause kommen wir nicht mehr. Nicht mit diesem Flieger."

„Und jetzt?", fragte Müller und klang dabei schon leicht hysterisch.

„Lande ich den Blechhaufen auf der Wiese vor uns."

Zettelmann versuchte einen Landeanflug, doch das Fahrwerk ließ sich nicht mehr ausfahren.

„Achtung, festhalten!", schrie er ins Kehlkopfmikrofon.

Es gelang ihm, den „Greif" einigermaßen waagerecht auf die Wiese aufzusetzen, doch es gab einen fürchterlichen Schlag, bei dem das Heck und die Tragwerke des Flugzeugs abbrachen und Hans Förster mit samt seiner Glaskuppel quer über die Wiese schlitterte. Der Rumpf der Maschine rutschte in einer irrsinnigen Geschwindigkeit geradeaus, direkt auf ein Wäldchen zu, schlug eine Schneise in das Gehölz und blieb schließlich an einer dicken, alten Eiche hängen – zumindest das, was davon übrig geblieben war.

Hans hatte riesiges Glück, wurde er doch bei diesem Höllenritt aus seiner Kuppel herausgeschleudert und blieb bis auf ein paar Prellungen und eine Schnittwunde am Oberarm unverletzt. Dem Rest der Besatzung war es nicht ganz so gut ergangen. Berger, der genauso wie Förster im Heck der Maschine saß, überlebte den Absturz nicht, Zettelmann und sein Co-Pilot Müller wurden beim Aufprall auf die Eiche sofort getötet.

Nachdem Hans Förster festgestellt hatte, dass Berger tot war, suchte er den Rumpf des Flugzeugs und fand das total zerstörte Wrack in etwa 500 Metern Entfernung. Karl Tribukait lag benommen auf dem Waldboden, eine stark blutende Platzwunde am Kopf und Peter Weber war bewusstlos aber lebend in der Bugkanzel eingeklemmt. Förster wandte sich zunächst einmal Tribukait zu.

„Alles klar, Karl?", fragte er und fand im gleichen Moment seine Frage so überflüssig wie einfältig. Natürlich war nicht alles klar. Die Heinkel war abgestützt, die Hälfte der Besatzung tot, die andere Hälfte verletzt und dazu befanden sie sich mitten in Feindesland.

„Geht schon", brummte Tribukait. „Nur mein Kopf brummt, als hätte ich einen ganzen Weinkeller geleert. Wie geht es den anderen?"

Förster zuckte mit den Schultern. „Zettelmann, Müller und Berger sind tot, Weber lebt offenbar noch, weiß aber nicht, ob er es noch lange macht. Wir müssen ihn aus der Maschine holen. Er ist eingeklemmt."

Tribukait versuchte aufzustehen, musste sich jedoch gleich wieder hinsetzten. „Mir ist schwindelig. Wahrscheinlich habe ich eine Gehirnerschütterung. So eine verdammte Scheiße."

„Ich schaue mal, ob ich ihn da heraus bekomme."

Förster ging zur völlig zertrümmerten Kanzel und stellte dann fest, dass von Webers Beinen nur eine breiartige Masse übrig geblieben war. Ihm wurde schlecht, als ihm klar war, dass er hier nicht helfen konnte. Allenfalls schweres Gerät und schnelle medizinische Hilfe hätten Webers Leben retten können. Er hoffte, dass der Bugturmschütze nicht noch einmal zu Bewusstsein kam und schnell sterben konnte. Hans Förster spürte einen dumpfen Schmerz in der Magengegend und vergaß darüber seine Prellungen und die Schnittwunde. Wie in Trance ging er zu Tribukait zurück.

„Da ist nichts mehr zu machen."

„Scheiße. Und jetzt?"

„Keine Ahnung", Förster ließ sich neben seinem Kameraden niedersinken und zog eine Zigarettenpackung aus seiner blutigen Jacke. „Willst du auch eine, Karl?"

Der nickte.

„Meinst du, dass die uns bald finden?"

„Mir ist alles egal, Karl. Wie sollen wir denn hier weg kommen? Und wohin? Zum Ärmelkanal laufen und nach Frankreich schwimmen? Oder sollen wir uns eingraben und bis nach dem Krieg verstecken?"

Karl Tribukait lachte. „Wir können uns vielleicht nach London durchschlagen und Churchill unschädlich machen."

„Ja und die königliche Familie noch dazu." Hans zog genüsslich an seiner Zigarette. „Ich habe die Schnauze vom Krieg so was von gestrichen voll. Soll gewinnen wer will."

„Dass das mal unser Kommandeur nicht hört. Der verpfeift dich sofort an die Schwarzhemden."

„Nur gut, dass wir in England sind."

„Das Essen hier soll ja komplett ungenießbar sein."

Jetzt lachte Hans Förster. „Dafür soll das Bier gut schmecken. Und die Frauen sind alle ziemlich heiß." Er grinste. „Hat unser fetter Spies in der Grundausbildung immer gesagt. Wie hieß der Typ noch?"

„Borho oder so ähnlich. Ob der noch lebt?"

„Wieso nicht, der hat es immer verstanden, allem Ungemach aus dem Weg zu gehen."

Ein kalter Wind kam von Südwesten, ein fremder, unbekannter Geruch schlich in Försters Nase und die dichten Wolken am Himmel begannen sich zu entleeren.

„Wir müssen hier weg, sonst holen wir uns auch noch den Tod", meinte er. „Kannst du aufstehen?"

„Ich versuch es mal."

Karl Tribukait nahm alle Kräfte zusammen, Hans Förster zog ihn in die Höhe und stützte ihn beim Gehen.

„Wenn hier eine Wiese und ein Acker ist, müsste es ja auch irgendwo eine Scheune oder vielleicht einen Bauernhof geben. Dort kann man uns vielleicht helfen."

Wieder lachte Tribukait. „Du hast vielleicht Humor. Die erschießen uns schneller, als wir die Hände in der Luft haben."

„Besser erschossen als erfroren."

11. Kapitel – Großmutters Haus

Zu Fuß waren es rund 45 Minuten bis zum Haus der Großeltern, später würde sie in wenigen Minuten mit dem Fahrrad zum Bahnhof fahren können. Auf dem Weg dorthin musste sich Lotty die Vorurteile der Großstädter über Vororte am Rande der Stadt anhören; Vorurteile, die größtenteils der Wahrheit entsprachen und exakt das waren, was Lotty an diesen Vororten so sehr schätzte. Die gepflegten Vorgärten, die hölzernen Tafeln an den Straßenrändern, die auf diverse Veranstaltungen, wahlweise auf der Gemeindewiese unter einem großen Lindenbaum, in der Kirche, im Gemeindesaal oder auf dem Fußballplatz hinwiesen und tratschende Menschen an jeder Ecke, die ihnen, den unbekannten Fremden, ungeniert hinterherschauten.

„Und hier willst du wohnen?", fragte Louise spöttisch. „Wo willst du shoppen?"

„Hier gibt es einen tollen Pub, ganz in der Nähe von meinem Haus...", sie unterbrach sich abrupt. Es war das erste Mal, dass sie von ihrem Haus, nicht dem Haus der Großeltern sprach. „... dort gibt es ein gutes, saftiges Steak und das Bier kostet ein Drittel weniger als in London."

„Es wird auch nur halb so gut sein."

Während Lotty und Louise sich noch eine ganze Weile beharkten, schwieg Sharon und schien tief in Gedanken versunken zu sein.

Nach einem zügigen Marsch quer durch Warlingham hatten sie die Walnut Close, eine ruhig gelegene Stichstraße in einem bewaldeten Hang, erreicht. Am Ende der Straße, direkt an der kleinen Wendeplatte befand sich das Haus, das von außen kleiner wirkte, als es tatsächlich war. Dunkelroter Ziegelstein, eine hölzerne Tür und lediglich zwei Fenster, eines im Erdgeschoss, eines im Obergeschoss, waren von der Straße aus zu sehen. Die Hecke zur Straße hin machte einen ziemlich zerzausten Eindruck, der Rosenbusch schien eingegangen zu sein und die kleine Rasenfläche vor dem Haus war verwildert, außerdem befand sich dort ein großer Metallcontainer, der darauf wartete mit alten Möbeln, Plunder und anderen Dingen gefüllt zu werden, die Lotty nicht mehr benötigte oder die einfach nicht mehr zu gebrauchen waren.

Lotty zog einen Schlüssel aus der Jackentasche und öffnete ehrfurchtsvoll die alte Eichentür, die mit etwas Pflege sicherlich wieder ganz manierlich aussehen würde. Langsam schob sie die Tür nach innen und lugte vorsichtig in den ihr wohlbekannten Hausflur, der jetzt doch so anders war – verloren und leer – der Geist der Großeltern hatte das Haus verlassen und mit ihm die Wärme, die ihr sonst immer beim Betreten entgegengeschlagen war; jetzt schien alles leblos und irgendwie sonderbar.

„Willkommen in meinem neuen zu Hause", sagte sie dennoch und spürte wie eine gewisse Neugierde und Aufbruchstimmung in ihr erwachte. Das hier würde bald ihr zu Hause werden. Sie konnte die Mauern wieder mit Leben füllen.

Es war für Lotty glücklicherweise nicht so, dass noch alles seit ihrer Großmutter Tod unberührt geblieben war. Schon als sie krank wurde, bereits vorher mit dem Tod des Großvaters vor einigen Jahren hatte sich das Haus verändert. Etliche Dinge wurden schon seinerzeit ausgeräumt und entsorgt, Großvaters Kleider beispielsweise, und auf wundersame Weise waren auch Bilder und andere Dinge verschwunden, wie der schwere Bierkrug mit einem Konterfei des letzten deutschen Kaisers – nicht dass Lotty Interesse daran gehabt hätte, es wunderte sie aber, wohin dieses Ungetüm verschwunden war. Hatte Brian es sich unter den Nagel gerissen oder war irgendein Sammler alter Militaria oder ähnlichen Krempels zu Großmutter gekommen und hatte ihr den Krug abgekauft oder vielleicht sogar gestohlen? Wo das große Landschaftsbild mit den grasenden Kühen abgeblieben war, blieb ebenfalls rätselhaft.

Nach dem Tod der Großmutter vor einem Jahr hatten Lottys Eltern verderbliche Dinge, wie Lebensmittel und zahlreiche persönlichen Dinge, Erinnerungsstücke sowie alle wichtigen Schriftstücke und Dokumente aus dem Haus geholt. So blieben nur die Möbel, das Geschirr, Besteck und all das, was in den Schubläden und Schränken zurückgelassen wurde. Vor allen Dingen unbrauchbarer Kram mit nur wenig Erinnerungswert und noch weniger Gebrauchswert. Die einzigen Einrichtungsgegenstände, die Lotty behalten wollte, waren der Wohnzimmerschrank aus massivem Kirschbaum und der Esstisch aus Ulmenholz mit den sechs dazugehörenden Stühlen. Und natürlich der kleine Sekretär im großelterlichen Schlafzimmer, der mit dem Geheimfach, in dem sie auch das Tagebuch gefunden hatte. Sie wusste von diesem Geheimfach schon seit sie ein kleines Mädchen war, ihr Vater und Brian wussten zwar, dass es dieses Geheimfach geben sollte, aber Lotty fand im Gegensatz zu den beiden heraus, wo es versteckt war und wie der Mechanismus funktionierte.

Doch bevor sie jetzt in alte Erinnerungen versinken sollte, gab sie sich einen Ruck und meinte, dass zu allererst die Fenster geöffnet werden sollten – schließlich war es ziemlich stickig in dem Haus, das im vergangenen Jahr kaum betreten wurde.

„Wie hast du dir das denn eigentlich vorgestellt?", fragte Louise mit großen Augen.

„Wir gehen Zimmer für Zimmer durch. Im Prinzip muss das meiste von dem ganzen Gerümpel raus. Ich will nur die Wohnzimmermöbel behalten und den alten Sekretär im Schlafzimmer. Die ganzen Schränke sind schon weitgehend leer, da kann man schon mit dem Abbauen beginnen. In der Küche muss das ganze Geschirr noch ausgeräumt werden, das taugt nicht mal mehr für einen Polterabend."

„Und wo ist das Werkzeug?", wollte Sharon wissen.

„Im Keller hatte Großvater seine Werkstatt. Da sollte alles sein, was wir brauchen."

Und so machten sich die drei Frauen daran, systematisch das Haus auszuräumen. Lotty wurde dabei bewusst, wie viel Arbeit noch darin steckte, bis sie selbst einziehen konnte. Mit dem Ausräumen allein war es noch lange nicht getan. Das ganze Anwesen musste gründlich saniert werden, angefangen von den Fenstern, die durch neue ersetzt werden mussten, die Böden waren ebenfalls unbrauchbar geworden und bis auf die Fliesen in der Küche und die schönen Eichenholzdielen im Wohnzimmer wurden neue Bodenbeläge benötigt. Neue Wasserleitungen und eine neue Heizung waren ebenfalls dringend notwendig, denn bisher gab es lediglich in der Küche fließendes Wasser und anstatt einer Zentralheizung standen in den Zimmern im Erdgeschoss alte Kanonenöfen, die durch Holz oder Kohle beheizt wurden. Ebenso sah es im Badezimmer aus, wo ein urtümlicher Holzofen das Wasser in einem Kessel, der vorher mit Hilfe von Wassereimern gefüllt wurde, erhitzte bevor es in die Badewanne eingefüllt werden konnte. Ein komplett neues Badezimmer mit moderner Dusche, Fußbodenheizung und allem erdenklichen Schnick-Schnack sollte die museale Einrichtung ersetzen. Einmal mehr war Lotty sehr froh darüber, dass sie gut verdiente und dass ihre Eltern sie im Notfall sicherlich gerne unterstützen würden. Ein neues Bad zum 30. Geburtstag oder so lag sicherlich im Bereich des Möglichen. Immerhin war das Dach vor wenigen Jahren erst neu gedeckt worden und so der erste Schritt zu Sanierung des Anwesens bereits erfolgt.

„Willst du das alles selbst renovieren?"

„Ich bin Kunsthistorikerin und keine Bauarbeiterin, Sharon. Ich habe die Arbeiten an ein Architektenbüro, einen Freund meines Vaters vergeben, so kann ich etwas Geld sparen. Der kümmert sich um alles. Ich hätte doch gar keine Zeit, den Handwerkern ständig auf die Finger zu schauen."

„Kostet das nicht eine ganze Stange Geld?"

„Das zahlen doch bestimmt Mummy und Daddy", entfuhr es Louise, noch bevor Lotty überhaupt den Mund aufmachen konnte.

„Nicht so ganz", berichtigte diese, doch so ganz daneben hatte ihre Freundin mit der Behauptung nicht gelegen. So wie sie ihren Vater kannte, ließ er es sich bestimmt nicht nehmen, die eine oder andere Rechnung zu übernehmen oder kurzerhand ein paar Tausend Pfund auf ihr Konto zu überweisen und vielleicht sogar die Rechnung des befreundeten Architekten zu begleichen.

„Ich verstehe immer noch nicht, wie du hierher ziehen kannst", maulte Louise. „Das ist doch das Ende der Welt."

„Anderes Thema!", befahl Lotty.

„Was denn? Männer?"

„Ich schlage vor", mischte sich Sharon in die beginnende Auseinandersetzung ein, „dass wir mal was trinken. Hattest du nicht behauptet, dass es hier im Haus Bier gebe?"

Lotty nickte. Als sie im Verlauf der Woche schon einmal in die Walnut Close gekommen war, hatte sie in dem kleinen Supermarkt um die Ecke ein paar Flaschen „Spitfire", ein Ale aus Kent, das erstmals zur 50-Jahr-Feier der Luftschlacht um England, the battle of Britain, gebraut worden war, gekauft und sie in dem Kellerraum mit Naturboden, den die Großeltern als Lebensmittellagerraum nutzten, kalt gestellt. „Im Keller hat es welches. Ich gehe mal."

Sie ging hinaus auf den Flur und öffnete die schmale Tür, die in den Keller führte. Eine ebenso schmale und steile Treppe führte in einen genauso engen Kellergang, der an seiner Längsseite vier Türen hatte. Lotty wies mit dem rechten Arm auf diese Türen und erklärte jeweils dazu: „Das hier ist die alte Waschküche, die wird seit Jahren nur noch als Rumpelkammer genutzt. Da macht das Ausräumen bestimmt besonders Spaß. Leider kommen wir da heute nicht mehr dazu." Sie wandte sich der zweiten Türe zu. „Hier befindet sich das Kohlenlager, das ist allerdings so gut wie leer. Und hier", sie zeigte zur dritten Tür, „hat mein Großvater einen Raum zu einer kleinen Werkstatt umgebaut. Und der vierte Kellerraum hat einen Naturboden. Das war der Lagerraum für Kartoffeln, die eingeweckten Früchte, das Sauerkraut – genau Sauerkraut, schließlich war mein Großvater aus diesem Land – und natürlich eignete sich der Raum auch für die Lagerung von Bier."

„Für Wein wäre das auch nicht schlecht", befand Sharon.

Die drei Frauen betraten diesen vierten Kellerraum und spürten sofort, wie ihnen eine Kühle entgegenschlug.

„Das kommt durch den lehmigen Boden", wusste Lotty zu sagen. „Und hier ist auch unser Bier", sie ging zu einem alten Regal auf dem ein gutes Dutzend Flaschen standen. „Ja, schön kühl", stellte sie fest. „Hier veränderst du doch nichts?"

„Bestimmt nicht", sagte Lotty grinsend und nahm drei Bierflaschen aus dem Regal, öffnete sie nacheinander und reichte sie an die Freundinnen weiter. „Cheers."

„Auf Lotty, ihr Haus und die Liebe", meinte Louise, worauf Sharon nur antwortete: „Na dann Prost." Sie setzte ihre Flasche an und trank sie in einem Zug zur Hälfte aus. Danach musterte sie intensiv das Etikett und meinte dann: „Spitfire, das passt ja. In Erinnerung an deinen Großvater, oder wie?"

Lotty lachte. „Wohin du wieder denkst."

„Das verstehe ich jetzt nicht so ganz", meinte Louise und machte dabei große Augen.

Lotty verdrehte daraufhin die ihren und sagte: „Manchmal frage ich mich wirklich, wie du es geschafft hast, Lehrerin zu werden." Sie deutete mit ihrem linken Zeigefinger auf das auf dem Etikett abgebildete Flugzeug. „Spitfire! Das war unser bestes Flugzeug im 2. Weltkrieg. Und bekanntlich wurde mein Großvater in diesem Krieg über England abgeschossen. Mutmaßlich von einer Spitfire. Es kann aber auch eine Flak gewesen sein, die den Bomber von Grandpa vom Himmel holte."

Beschwichtigend hob Louise beide Hände in Kopfhöhe und erklärte: „Das weiß ich natürlich schon. Aber wie Sharon vom Bier trinken auf deinen Großvater gekommen war, hat sich mir nicht erschlossen. Ich denke eher gerade aus und nicht um die Ecke."

„Lass mal gut sein", sagte Sharon nach einem weiteren, kräftigen Schluck. „Konzentrieren wir uns lieber auf den Inhalt, als auf das Äußere der Flasche." Sie hielt die ihre vor ihr Gesicht, schüttelte leicht und meinte dann: „Mist, die ist schon fast leer. Ich hoffe, du hast noch etwas Nachschub."

„Klar", antwortete Lotty. „Aber den gibt es erst wenn wir ihn verdient haben. Jetzt arbeiten wir noch eine Stunde, würde ich vorschlagen und dann lassen wir uns eine Pizza kommen."

„Gibt's hier Pizzaservice?", fragte Louise scheinbar erstaunt.

„Wir sind ja nicht in der Einsamkeit Northumberlands", gab Lotty zurück und erinnerte damit an einen gemeinsamen Wochenendausflug mit Emma und Louise zum Northumberland-National-Park, als sie tatsächlich große Mühe hatten, Einkehrmöglichkeiten zu finden. Alles was sie damals nach langer Suche fanden, war eine versiffte Imbissbude, die sich Pizza-Heaven nannte. Ein schmieriger Osteuropäer, der auf Italiener machte hatte die drei Freundinnen damals angegrinst und dabei seine goldenen Schneidezähne offengelegt. Trotz ihres großen Hungers verzichteten die Frauen angesichts dieser trostlosen Aussicht darauf, etwas zu essen, schließlich wollten sie den Tag noch überleben. Das Einzige, was sie sich gönnten war jeweils eine Dose Cola. Die konnten äußerlich abgewischt werden und der Inhalt war mit großer Sicherheit nicht mit dem gefälschten Südländer in Kontakt gekommen und dadurch kontaminiert worden. Erst spät am Abend, bereits auf der Heimreise fanden die drei ein akzeptables Restaurant, das ihre Ansprüche, die seltsamerweise mit der Zunahme ihres Hungers immer weiter wuchsen, befriedigen konnte.

„Und wieso gehen wir nicht in diesen netten Pub am Ende der Straße?", fragte Sharon verwundert.

Lotty lachte. „Wir sind hier eben am Rande der Stadt, schon fast auf dem Land. Der Pub öffnet erst um fünf Uhr. Und so lange will ich nicht warten. Außerdem sind wir ja hier, um zu arbeiten und nicht um einen Pub leer zu trinken."

12. Kapitel – Überleben

Peter Weber hauchte sein Leben aus, noch bevor Hans Förster und Karl Tribukait sich entschlossen, einen Unterschlupf, vielleicht sogar Hilfe zu suchen. Die beiden wussten nicht, wie lange es dauern würde, bis irgendwer, britische Soldaten, Heimatschutz oder Feuerwehr zur Absturzstelle kämen. Sie selbst wollten dann jedenfalls nicht mehr dort sein.

Es war noch immer stockdunkel, weder der Mond, noch ein anderer Himmelskörper war zu sehen, lediglich in weiter Ferne die Leuchtspur von abgefeuerten Flugabwehrgeschossen. Und durch die Verdunklung konnten sie auch nicht erkennen, wo eine Siedlung gelegen hätte. Der Umstand, dass es so dunkel war, dass nirgendwo lodernde Feuersäulen in den Himmel stiegen und diesen glutrot färbten, bedeutete dass der groß angelegte deutsche Angriff auf die britische Hauptstadt sich einmal mehr als Fehlschlag entpuppt hatte. Nicht einmal Fluglärm war zu hören, im Gegenteil – es herrschte gespenstische Stille.

Die beiden gingen am Waldrand entlang, um möglichst eine Deckung zu haben, denn trotz aller Finsternis trauten sie sich nicht über das offene Gelände.

„Irgendwann sollte doch mal ein Weg oder Pfad kommen. Das Feld muss ja irgendwie bewirtschaftet werden. Selbst ein Pferdefuhrwerk braucht einen Weg", stellte Förster nach einer Weile fest.

„Ich hoffe bald. Ich kann nämlich nicht mehr", stöhnte Tribukait.

„Ich lass dich hier nicht alleine."

„Blödsinn. Ich bin nur eine Last für dich. Ohne mich kannst du dich vielleicht irgendwohin durchschlagen."

„Vergiss es", knurrte Förster.

Mühsam schleppten sie sich weiter und Hans hatte schon fast den Mut verloren – denn trotz seiner mutigen und tapferen Worte, war der verletzte Tribukait eine ziemliche Last, und auch er selbst hatte den Absturz nicht einfach aus den Kleidern geschüttelt. Im Gegenteil, so langsam wurde ihm bewusst, was geschehen war: Das Flugzeug abgestürzt, vier Kameraden tot, einer schwer verletzt und nun befanden sie sich mitten im Feindesland. Es war nicht daran zu denken, sich einfach bis zur Front durchzuschlagen um dann wieder zu den eigenen Truppen zu gelangen. England war eine Insel und zwischen ihnen und der vermeintlichen Rettung lag ein kaltes, tiefes Meer.

Plötzlich tauchte, wie aus dem Nichts, ein kleiner Pfad hinter einer astigen, windgeplagten Buche auf. Dieser schien etwas tiefer in das Wäldchen zu führen, doch irgendwo musste dieser Pfad seinen Ursprung haben.

„Was meinst du?", fragte Förster.

„Welche Wahl haben wir?"

Der Pfad führte leicht hangaufwärts und war in der Dunkelheit kaum zu erkennen. Auch schien der Wald immer dichter zu werden, was wiederum den Vorteil hatte, dass dadurch die Richtung klar vorgegeben war – der Pfad verlief dort, wo es ein Durchkommen gab. Doch entgegen der Hoffnung, bald irgendein Ziel, eine Scheune oder Hütte, ein Haus oder eine Siedlung zu erreichen, zog sich der Weg scheinbar endlos dahin, immer weiter den Hang hinauf.

„Irgendwer muss diesen Pfad doch angelegt haben, also wird er auch einen Zweck erfüllen", sagte Hans, vor allem, um sich selbst Mut zuzusprechen.

„Verdammte Scheiße, ich gehe jetzt keinen Meter mehr weiter", fluchte Tribukait.

„Du kannst doch nicht mitten auf dem Weg, mitten im Wald, mitten im englischen Nirgendwo warten und darauf hoffen, dass dich jemand findet. Du musst zum Arzt."

„Ich kann nicht mehr. Keinen Schritt. Ist mir alles egal. Ich habe das Gefühl, mein Kopf explodiert."

„Deine Beine sind aber in Ordnung. Reiß dich zusammen, Mann. Wir müssen weiter", mahnte Hans.

Karl Tribukait murmelte irgendetwas und setzte seine Beine wieder in Bewegung.

„Hast du eine Zigarette?",
fragte er dann.

„Ja, ich habe noch welche. Ich weiß aber nicht, ob du das Rauchen in deinem Zustand verträgst."

„Ist mir egal, ich brauche jetzt eine Zigarette."

Förster nestelte eine Packung Overstolz aus seiner Brusttasche. Ein paar Streichhölzer fand er auch noch.

„Danke", knurrte Tribukait, sog die Mischung aus Nikotin und Teer tief in seine Lungen und ließ den Rauch genüsslich aus der Nase entweichen. „Da geht es mir doch gleich viel besser. Also weiter!"

Nach einer weiteren Zeitspanne, die Hans nicht abschätzen konnte – er hatte sämtliches Zeitgefühl verloren – verbreiterte sich der Pfad zu einer kleinen Waldlichtung, die wiederum in offenes Feld mündete, hiervon jedoch von einer Trockensteinmauer abgetrennt war. Förster entdeckte ein kleines Loch in der Mauer, durch das er durchsehen konnte, doch mehr als Dunkelheit über einer großen Ackerfläche konnte er nicht ausmachen.

„Schau mal hier", rief Tribukait.

„Was ist denn?"

Karl Tribukait war einige Schritte nach links, der Mauer entlang gegangen und hatte einen kleinen Schuppen entdeckt. Darin stand ein alter Heuwagen und soweit sie erkennen konnten, eine Werkbank und ein paar Werkzeuge. Es roch nach Öl und Teer, vermutlich standen irgendwo noch entsprechende Fässer oder Dosen.

„Gemütlich sieht anders aus", bemerkte Hans, „doch allzu wählerisch sollten wir angesichts unserer Situation nicht sein."

Karl nickte. „Wenigstens haben wir ein Dach über dem Kopf und hier ist es auch wärmer als draußen. Und ich glaube, auf dem Heuwagen können wir ein gemütliches Nachtlager aufschlagen."

Tatsächlich schafften sie es, sich einigermaßen gemütlich einzurichten, an Schlaf war freilich nicht zu denken.

„Glaubst du, wir verlieren den Krieg?", fragte Karl Tribukait nach einer langen Weile des Schweigens.

„Du zweifelst doch nicht am *Größten Feldherrn aller Zeiten*?"

„Ich weiß überhaupt nicht mehr, was ich glauben soll. Als ich noch ein kleines Kind war, hatte ich den Eindruck, dass alles immer schlechter würde. Lag vermutlich an meinen Eltern, die durch die Wirtschaftskrise stark gebeutelt wurden. Und dann kam Hitler und alles wurde gut. Es gab Arbeit und dank der *Kraft durch Freude* konnten wir erstmals in den Urlaub fahren."

„Du glaubst, dass es in Deutschland durch Hitler wieder aufwärts gegangen ist?"

Karl räusperte sich und betastete dann seine Kopfwunde, vielmehr den Verband. „Ja, ich glaube schon. Er wollte Deutschland wieder zu seiner wahren Größe führen."

„Und all diejenigen, die ihm im Wege standen hat er beseitigt."

„Nun ja", antwortete Tribukait, „Ordnung muss schon sein. Und die Kommunisten haben Deutschland schon immer geschadet."

„Ja", meinte Förster mit zynischem Unterton. „Die Juden auch, die haben den Deutschen das Geld gestohlen."

„Und den Heiland haben die doch auch umgebracht."

„Nur dass unser Heiland selbst Jude ist, schon mal darüber nachgedacht?"

„Wie meinst du das jetzt?"

„So wie ich es sage. Jesus war Jude, seiner Jünger waren Juden. Er wird in der Bibel oft als Rabbi, also ein jüdischer Gelehrter bezeichnet." Hans setzte sich auf. „Kennst du einen Juden, Karl?"

„Na ja, eigentlich nicht. Doch, der Salomon Levi war Jude, bei dem hat meine Mutter immer eingekauft."

„Und? War bestimmt ein Ungeheuer?"

„Hm, eigentlich war der ganz nett. Hat mir immer ein Stückchen Schokolade geschenkt. Aber es gibt bestimmt viele böse Juden."

„Und es gibt böse Deutsche. Im übrigen sind die Juden, die bei uns leben oder vielmehr gelebt haben, Deutsche. Viele haben im ersten Weltkrieg gekämpft. Das Judentum ist eine Religion, keine Rassenzugehörigkeit." Hans knackte mit seinen Fingerknöcheln. „Dieses dumme Rassengeschwätz! Hast du dir das mal richtig überlegt, Karl? Der blonde, blauäugige, kerngesunde Arier. Da ist die Parteispitze ja das perfekte Vorbild: Hitler, der *Gröfaz*, Göbbels, der *Schrumpfgermane* oder auch als *Humpelstilzchen* bekannt und dann natürlich der herausgefressene Göring, alles Zierden der arischen Rasse. Dieses ganze Geschwätz ist doch kompletter Blödsinn."

„Mit solchen Aussagen redest du dich um Kopf und Kragen, wenn dich jemand hört", warnte Tribukait.

Förster musste laut lachen. „Glaubst du, die SS hört mit? Wir sind in England und die Wahrscheinlichkeit von den Tommys erschossen ist weitaus größer, als von den Schwarzhemden erschossen, aufgehängt und verbrannt zu werden.

Was soll denn überhaupt dieser blöde Krieg?"

„Die Polen haben doch angefangen."

„Möglich, aber dann hätte es ja gereicht, Polen zu besiegen. Aber warum Frankreich, warum Russland und warum eigentlich England?"

„Frankreich und England sind Polens Verbündete."

„Das stimmt natürlich, Karl. Aber nach dem Sieg über Polen und Frankreich hätte man sich ja mit der Situation arrangieren können. Wieso Russland? Wir sind doch nur 60 Millionen Deutsche, wir können uns doch nicht mit der ganzen Welt anlegen. Jetzt haben wir auch noch die Amis im Nacken und wenn die Gerüchte von der Ostfront nur halbwegs wahr sind, dann ist sowieso alles im Eimer."

„Die Wunderwaffe kommt", versuchte Tribukait zu beschwichtigen.

„Ja, die Wunderwaffe kommt. Die Frage ist nur, wer sie einsetzt. Wir sind ja nicht einmal mehr in der Lage vernünftige Flugzeuge zu bauen. Unsere Bomber fallen vom Himmel und die Strahlflugzeuge kommen in der Entwicklung auch nicht voran."

„Strahlflugzeuge?"

„Mit Düsen angetrieben."

„Raketenflugzeue?"

„So etwas in der Art. Aber ich glaube, das kommt alles zu spät. Wir pfeifen doch schon jetzt aus dem letzten Loch."

„Aber wir beide leben noch, immerhin ein positiver Aspekt", bemerkte Tribukait, dessen Lebensgeister anscheinend wieder zurückgekehrt waren.

„Ja, da hast du recht. Und vielleicht muss es einfach so kommen, dass wir den Krieg verlieren, um irgendwann wieder nach vorne schauen zu können." Förster gähnte. „Und jetzt bin ich müde. Vielleicht können wir doch noch ein bisschen schlafen, bevor es hell wird."

„Du willst doch nicht bei Tageslicht durch die Landschaft schleichen?"

„Hast du eine bessere Idee? Wir brauchen etwas zu essen und vor allem frische Klamotten."

„Und dann?"

„Kommt Zeit, kommt Rat."

13. Kapitel – Umbruch

Nach einigen Arbeitseinsätzen mit ihren Freundinnen hatte Lotty ihr Haus entrümpelt und die Umbauarbeiten konnten begonnen werden. Ein schwieriges Unterfangen, nicht technisch, sondern auf der Gefühlsebene. Einerseits sollte die neue Heimat modernen und auch praktischen Gesichtspunkten genügen, auf der anderen Seite durfte der ursprüngliche Charakter, die Erinnerung an die Großeltern und die eigene Kindheit nicht verloren gehen. Daher stellten sich für Lotty und ihren Architekten die Frage, ob die Zimmeraufteilung eher beibehalten werden sollte, oder das gesamte Erdgeschoss, wie es heute in Wohnungen üblich war, großzügig gestaltet werden, indem man die nicht tragenden Wände herausbrach und so einen großen Raum schuf, an den sich die Küche anschloss. Diese sollte und musste modern gestaltet werden, was bedeutete, dass nichts mehr vom alten Charme übrig blieb.

Lotty beschloss, die Küche, wenn schon neu, dann hypermodern zu gestalten, die Raumaufteilung im Erdgeschoss jedoch so zu belassen, wie sie war. Aus dem kleinen Badezimmer sollte eine Waschküche beziehungsweise ein Hauswirtschaftsraum werden – mutmaßlich eine Rumpelkammer für Kleider- und Wäscheberge, gewaschen als auch ungewaschen. Außerdem entstand dort ein kleines Gäste-WC, weshalb eine zusätzliche Wand eingefügt werden musste. Dafür wanderte das Badezimmer ein Stockwerk nach oben, neben ihrem Schlafzimmer, dem ehemaligen Zimmer ihres Vaters, das sie immer schon genutzt hatte. Das Schlafzimmer der Großeltern, sowie ein weiteres, kleines Zimmer blieben zunächst unberührt. Selbstverständlich erhielten diese Räume ebenfalls eine Grundsanierung mit neuen Fenstern, neuen Böden und neuem Wandanstrich.

Lotty wollte ihr Haus als gemütlichen Rückzugsraum einrichten und so beschloss sie, Eichenholzdielen als Fußböden für alle Zimmer zu verwenden, mit Ausnahme des Badezimmers, das einen kuscheligen, grünen Teppichboden erhielt. Die Gartengestaltung würde warten müssen, die kleine Fläche zur Straße hin sollte, wie zu Großelterns Zeiten, ein paar Rosensträucher erhalten, der große Garten hinter dem Haus sollte zunächst einmal bleiben, wie er war, einfach eine Grünfläche, die ab und an gemäht werden konnte – oder auch nicht.

Auch die Nutzung der Kellerräume war ihr noch nicht so ganz klar. Die Werkstatt konnte Werkstatt bleiben, der hintere Keller mit dem Naturboden war als Weinlager vorgesehen, der Kohlekeller als Technikraum und im vierten Raum würde sich sicherlich über die Zeit genügend Gerümpel anhäufen.

Lotty war gerade von einem Termin mit ihrem Architekten zurückgekehrt, als es an der Haustüre klingelte. Sie war müde und wollte schnell ins Bett, dies hatte sie auch Emma und Louise via Kurzmitteilung wissen lassen. Die beiden wollten einen neu eröffneten Pub testen und waren enttäuscht, dass Lotty nicht mit von der Partie sein wollte. Hoffentlich haben es sich die beiden nicht anders überlegt und stehen jetzt vor meiner Tür, hoffte Lotty. Doch es war weder Emma noch Louise, sondern Sharon, die geklingelt hatte.

„Was machst du denn in London? Ich dachte, du wärst in Frankreich beim Champagnertrinken."

„War ich auch." Sharon strahlte über das ganze Gesicht und ging an ihrer Freundin vorbei ins Wohnzimmer.

„Schön, und was hast du zu berichten? Ich nehme nicht an, dass du hierhergekommen bist, um mit mir über die Geschmacksnuancen diverser Blubberweine zu philosophieren."

„Nein."

„Sondern? Mach es nicht so spannend!"

„Bekomme ich was zu trinken?" Sharon setzte sich ungeniert auf Lottys Lieblingssessel und legte die Beine auf den Glastisch.

„Ich habe keinen Champagner, nur ein paar Dosen Cider. Irgendwo müsste noch eine Flasche Rotwein sein."

„Cider ist schon in Ordnung."

Lotty ging an den Kühlschrank und holte zwei Dosen Magners heraus. „Ist aber Birne, kein Apfel."

„Auch gut. Hast du noch ein paar Chips?"

„Nein", knurrte Lotty und ließ sich auf dem Sofa nieder.

„Cheers", sagte Sharon, immer noch lächelnd.

„Cheers", erwiderte ihre Freundin und ergänzte, nachdem sie einen Schluck genommen hatte: „Dann schieß' mal los!"

„Ich habe einen neuen Job", sagte sie gedehnt.

„Weiter", schimpfte Lotty ungeduldig. „Lass dir doch nicht alles einzeln aus der Nase ziehen. Wo? Doch nicht in Frankreich will ich hoffen."

Sharon lachte. „Nein. Gott bewahre. In der Nähe von Lewes. South Downs Vinyard. Knapp 10 Hektar Fläche, also eine recht beachtliche Fläche, hauptsächlich Pinot Blanc, Chardonnay, Schwarzriesling und etwas Regent."

„Schwarzriesling", Lotty musste lächeln, „du sagst das so komisch. Ist das nicht eine deutsche Traubensorte?"

„Eigentlich heißt sie Pinot Meunier und wird hauptsächlich in Frankreich angebaut. Sie ist eine der wichtigsten Ausgangssorten für Champagner und zwar nicht nur in Frankreich, sondern auch bei uns. Ob du es glaubst oder nicht, das Vereinigte

Königreich ist das drittgrößte Anbaugebiet dieser Traube. Das hängt auch damit zusammen, dass wir Briten am liebsten Champagner trinken. Aber ich mag den Schwarzriesling" – jetzt versuchte Sharon den Namen sehr deutsch auszusprechen – „am liebsten als halbtrockenen Wein. Er ist herrlich vollmundig und fruchtig."

„Und wie kommst du zu diesem Job? Ich gehe davon aus, dass du als Keller- und nicht als Hausmeisterin eingestellt wurdest."

„Bei dieser Fachmesse in der Champagne war alles mit Rang und Namen anwesend. Auch mein neuer Chef, Mark Wilson, der sich in den letzten Jahren einen Namen gemacht hat. Bis vor 15 Jahren war er konventioneller Landwirt, dann hat er damit angefangen, Reben anzubauen und seit 5 Jahren ist er richtig erfolgreich damit. Da er nicht jünger wird, keine Kinder hat, sein Werk jedoch in die Zukunft, auch über sein Ausscheiden hinaus retten will, war er auf der Suche nach einem Kellermeister, der dies gewährleisten kann."

Lotty strahlte jetzt mit ihrer Freundin um die Wette. „Und du bist diese hoffnungsvolle Zukunft?"

Sharon nickte. „Ich kann sofort beginnen, in ein paar Wochen beginnt die Weinlese und danach die richtige Arbeit für mich. Ich kann es noch gar nicht fassen."

„Das bedeutet doch, dass du den Betrieb irgendwann übernehmen kannst?"

Sharon presste die Lippen zusammen und sagte dann: „So weit denke ich noch überhaupt nicht. Erst einmal muss ich mich einarbeiten, einige Erfolge vorweisen, sonst werde ich wieder in die Wüste geschickt ..."

„Vielleicht nimmt dich Neal ja zurück, wenn es schief geht", unterbrach Lotty sie.

„Ich werfe dir gleich die Dose an den Kopf. Dieses Thema ist beendet, endgültig."

„Gottlob. Dann wünsche ich dir alles Gute bei deiner neuen Arbeit. Lewes ist ja nicht so weit weg von Upper Warlingham, dann besteht die Möglichkeit, dass wir uns nicht aus den Augen verlieren."

Sharon nickte. „Mit dem Auto in fünfzig Minuten, wenn die Straßen frei sind."

„Aber darauf müssen wir mit etwas anderem anstoßen, als Cider. Leider habe ich keinen Champagner."

„Das holen wir nach. Cider ist in Ordnung."

Eine Weile unterhielten sie sich über den Fortschritt bei den Bauplanungen und die allgemeine politische Lage. Doch dann fragte Sharon aus heiterem Himmel nach dem cornischen Polizisten.

„Wie geht es mit Eddie voran?"

„Wie bitte?"

„Steve Harris?"

„Gar nicht", antworte Lotty einsilbig.

„Das ist doch echt blöd. Oder hast du ein anderes Eisen im Feuer?"

„Nein."

„Dann ist es wirklich dumm von dir."

„Ich bin dabei mein Haus umzubauen. Was soll denn das jetzt?"

Sharon setzte sich aufrecht und legte ihren Kopf leicht schräg. „Das passt doch. Neues, altes Haus; neuer, alter Mann."

Lotty zog die Schultern hoch. „Magst du noch einen Cider?"

„Lenke nicht ab. Nein, danke. Aber gerne eine Tasse Tee, wenn es nicht zu viel Aufwand macht."

Lotty stand auf, setzte den Wasserkessel in Gang, holte ein Päckchen Shortbread aus dem Auszieh-schrank und stellte es auf den Tisch. Nach wenigen Minuten war der Tee fertig und dampfte in den weißen Porzellantassen, die von den Großeltern mütterlicherseits stammten.

„Weißt du, Lotty", begann Sharon, „manchmal muss man einfach das Undenkbare, das Unwahr-scheinliche, das Besondere in Angriff nehmen. Sonst ärgerst du dich dein ganzes Leben darüber, es nicht getan zu haben. Wenn es schief geht, hast du doch nichts verloren. Wenn du jedoch gar nichts unter-nimmst, wirst du dies eines fernen Tages bereuen."

„Das Kapitel Steve Harris ist abgeschlossen."

Sharon biss in einen Keks, spülte mit Tee nach und schüttelte dann ihren Kopf. „Das glaube ich nicht. So wie du diesen Zugbegleiter angeschaut hast, ist das noch nicht vorbei."

„Ja, aber es gibt sicherlich noch andere Männer. Und außerdem bist du nicht gerade die beste Referenz, wenn es um das männliche Geschlecht geht."

„Mag sein, ich bin aber vielleicht gerade das beste Negativbeispiel."

„Wie meinst du das?"

Sharon nahm einen weiteren Keks und wischte sich dann die feinen Krümel von der Bluse. „Es ist schon lange vorbei, so lange, dass es wirklich zu spät ist, und ich bereue es noch heute. Von Tag zu Tag mehr. Ich bereue, dass ich es nicht zumindest versucht habe."

„Was denn?"

„Hast du noch etwas Zeit? Du wolltest doch früh schlafen gehen."

„Vergiss es", erwiderte Lotty lächelnd.

„Also", begann Sharon. „Es ist schon sehr lange her, ich war noch fast ein Kind, gerade mal 17 Jahre. Da hatten mich meine Eltern, wie in jedem Jahr, da sie es kaum mehr mit mir in den Ferien aushalten konnten, in ein Ferienlager gesteckt. Northumberland, ein altes Gemäuer in der Nähe von Lindisfarne."

„Ich hoffe doch, ein züchtiges Mädchenlager."

Sharon nickte. „Genau. Das Schöne daran war nur, dass im gleichen Bau, in einem anderen Flügel eine Gruppe des YMCA Glasgow einquartiert war. Und du kannst dir vorstellen, was wir in den Nächten getrieben haben?"

„Nein, eigentlich nicht, aber ich nehme an, du wirst es mir gleich erzählen."

Nach einem weitern Keks, die Packung war inzwischen fast geleert, fuhr Sharon fort. „Es war alles ganz harmlos. Am dritten oder vierten Tag sind wir gegen Mitternacht aufgestanden – die Mutigsten von uns – und nach draußen in den Park gegangen. Dort hatten wir uns mit den Jungs verabredet. Und das war gar nicht so einfach gewesen, denn unsere Handys waren alle konfisziert. Wie im Mittelalter." Sie strich sich durch ihre Haare. „Dort im Park trafen wir auf die Jungs und wussten nicht so recht, was wir tun sollten. Plötzlich rief jemand, dass einer der Aufsichtspersonen anrücken würde. Ich weiß nicht, ob tatsächlich jemand gekommen ist oder nicht, jedenfalls nahm ich einen der jungen Schotten, Hugh, bei der Hand und rannte mit ihm los. Irgendwo hin. Die anderen hatten wir nach einer Weile verloren und so standen er und ich mitten in stockfinsterer Nacht unter Eichen und Buchen eines nordenglischen Parks."

„Wie romantisch", bemerkte Lotty mit einem Hauch Sarkasmus.

„Ja, das war es. Romantisch und unschuldig. Wir trafen uns noch ein paar Mal in den Nächten, redeten viel, wie das Teenager so tun und in der zweiten Woche der Ferien, trauten wir uns sogar, uns zu küssen."

„Also nichts mit Spontansex?"

Sharon warf ihr einen vernichtenden Blick zu. „Ich meine das im Ernst. Es war einfach nur schön."

„Entschuldige bitte. Aber was hat das mit mir zu tun?"

„Nur so viel, dass ich nicht die Chance beim Schopf ergriffen habe, sondern sie an mir vorübergeglitten ist."

„Wieso denn? Was ist passiert?"

„Nichts. Oder nicht viel. Wir schrieben uns eine Zeit lang und verloren uns dann aus den Augen. Und als ich, zwei Jahre später mich tatsächlich aufgerafft hatte, ihn aufzusuchen, war es zu spät." Sharon atmete tief durch, als läge eine riesige Last auf ihr. „Ich konnte ihn nicht mehr finden. Er wohnte nicht mehr an seiner alten Adresse und niemand wusste, wohin die Familie gezogen war. Ich habe alles versucht, über soziale Netzwerke, doch alles vergeblich. Die einzige Spur, die ich gefunden hatte war ziemlich vage. Jemand beim YMCA in Glasgow war der Meinung, die Familie sei nach Neuseeland ausgewandert. Doch dort wurde ich auch nicht fündig. Ich bin immer noch auf der Suche, doch das ist, wie die Nadel im Heuhaufen zu suchen. Ein Ding der Unmöglichkeit."

„Aber du weißt doch gar nicht, ob das etwas mit euch geworden wäre."

Sharon nickte und schob den letzten Keks in ihren Mund. „Nein, das weiß ich nicht. Doch das Schlimme ist, ich habe es gar nie versucht herauszufinden, damals, als es noch möglich war. Ich war einfach zu feige, zu bequem – was weiß ich." Sie hob fragend die Hände.

„Das tut mir wirklich leid. Davon hast du mir nie etwas erzählt. Aber ich sehe noch immer nicht, was das mit mir zu tun haben soll."

„Überhaupt nichts. Aber stell dir vor, du fragst dich irgendwann, wie dein Leben verlaufen wäre, wenn du es nochmals versucht hättest. Das ist doch ganz einfach."

„Ja schon, aber es gibt so viele Männer."

„Und du bist ja so erfolgreich. Die letzten fünf, die du angebaggert hast waren Vollidioten. Von den Exemplaren, die dich wiederum ins Visier nahmen ganz zu schweigen." Sharon leerte ihre Teetasse und fügte dann an: „Einen Versuch wäre es wert."

14. Kapitel – Im Feindesland

Nachdem er endlich eingeschlafen war, genoss Johannes Förster erstmals seit langer Zeit eine erholsame Nachtruhe, die sich bis weit in den Vormittag erstreckte. Irgendwo in der Ferne waren Kirchenglocken zu hören, und diese weckten ihn auf.

„Guten Morgen." Offenbar war Karl Tribukait bereits wach.

„Hast du schon ausgeschlafen?"

„Noch nicht so lange. Der Hunger hat mich geweckt."

„Was macht deine Verletzung?"

Tribukait tastete nach seinem Kopf. „Scheint doch nicht so schlimm zu sein. Die Kopfschmerzen haben zumindest nachgelassen."

„Und was machen wir jetzt?"

Karl fing an zu lachen. „Frühstücken. Wir suchen ein gutes Hotel, duschen und genießen dann ein echtes englisches Frühstück mit Speck, Eiern, Toast und Tee."

„Ich muss erst mal in die Büsche."

„Wir haben Glück", sagte Förster, als er einige Minuten später zurück kam. „Es ist neblig. Eine richtig dichte Nebelsuppe, da sieht man keine 20 Meter weit. Da können wir, ohne entdeckt zu werden, uns auf die Suche nach etwas Essbarem machen. Irgendwo muss es hier ja einen Bauernhof geben."

Tribukait sah ihn mit großen Augen an. „Und dort wird uns ein Frühstück serviert?"

„Brot und Milch würden schon mal reichen. Wenn wir Glück haben, ist gerade niemand zu Hause oder nur eine alte, blinde und taube Großmutter."

„Du hast vielleicht Vorstellungen."

„Besser als hier zu verhungern. Wir müssen los. Wenn wir sehr viel Glück haben, dann finden wir vielleicht sogar was zum Anziehen. Unsere Uniformen sind hier nicht gerade sehr modern."

An diesem trüben Januartag im Jahr 1944 wurde es kaum hell. Der Nebel hing über den englischen Feldern, als läge ein Deckel über der Landschaft, der ein Entweichen der feuchten Luft verhinderte. Für die beiden Soldaten war dieser Umstand geradezu optimal. Es musste so gegen die Mittagszeit gewesen sein, als sie das Nachtquartier verließen. Auf einem, vom Schuppen nach irgendwo führenden Schotterweg gingen sie entlang und gelangten recht bald an einen Brunnen. Dort stillten sie ihren Durst und Hans fühlte, wie sich neue Lebensgeister in ihm rührten. Der Weg führte zunächst leicht hangabwärts und dann entlang eines Gebüsches oder eines Wäldchens, so genau konnten das die beiden nicht ausmachen und einer Trockensteinmauer hinter der offenbar Kühe weideten.

„Kühe im Januar auf der Weide? Das ist seltsam", stellte Hans fest.

„Das kann schon sein", erwiderte Karl, „die englischen Kuhherden sind oft das ganze Jahr draußen. Das liegt daran, dass es hier kaum schneit und das Gras anscheinend das ganze Jahr über wächst."

„Wie auch immer, hinter der Mauer sind jedenfalls Kühe. Könnte auch sein, dass es einen Bauernhof gibt."

„Möglich. Wir müssen auf jeden Fall vorsichtig sein."

Nach etwa einer halben Stunde kamen die zwei an eine Wegkreuzung.

„Und jetzt?"

„Du bist der Navigator, ich nur der Heck-MG-Schütze."

„Haben wir eigentlich irgendwelche Waffen?"

„Ich habe meine Sauer 38H noch bei mir mit ganzen 8 Schuss."

„Damit können wir den Krieg gewinnen", lachte Tribukait. „Ich habe nicht mal meinen Klappspaten dabei."

„Dann schlage ich mal vor, wir gehen nach links", entschied Förster. „Immer dem Nebel nach."

„Die Kühe waren aber auf der rechten Seite."

„Ja. Aber vor Kühen habe ich Angst."

Tatsächlich führte sie der linke Weg zu einem kleinen Haus, das plötzlich aus dem Nebel auftauchte und ziemlich gespenstisch wirkte. Aus einem windschiefen Kamin kroch Rauch hervor, der jedoch nicht nach oben stieg, sondern sich mit der feuchten Luft vermischte und nach unten gedrückt wurde.

„Die heizen hier mit Kohle oder Torf, das ist kein Holzfeuer", stellte Tribukait fachmännisch fest.

„Ob jemand zu Hause ist?"

„Vermutlich schon. Wir sollten das Objekt beobachten und dann ..."

„Quatsch. Wir gehen da jetzt rein."

„Und lassen uns erschießen? Dann können wir ja gleich zur englischen Polizei gehen, oder in eine englische Kaserne einmarschieren. Ich schlage vor, wir warten und schauen, ob wer herauskommt."

„Was soll das bringen?" Johannes Förster presste die Lippen zusammen und meinte dann: „Wir stellen uns einfach ganz blöd. Und wenn wir vom schlimmsten Fall ausgehen, kann es eigentlich nur besser werden."

„Du bist und bleibst ein unverbesserlicher Optimist. Ich gehe jedenfalls in Deckung."

Förster nickte. „Das ist in Ordnung. Falls die Sache misslingt, musst du dich alleine durchschlagen."

„Bekomme ich die Sauer?"

„Nein. Tut mir leid, die gebe ich nicht aus der Hand. Vielleicht brauche ich sie ja."

„Dann mal: Viel Glück."

Tribukait zog sich einige Meter hinter einen dicken, windschiefen Apfelbaum zurück und Förster marschierte festen Schrittes auf die Haustür zu. Er nahm sich allen Mut zusammen und schlug mit der Faust fest gegen das eichene Holz. Nach wenigen Augenblicken öffnete sich die Tür und eine junge Frau kam heraus. Als sie realisierte, wer da vor dem Haus stand, wurde sie leichenblass und wirkte plötzlich wie versteinert.

„Es tut mir leid, Miss, dass ich Sie störe", begann Johannes in seinem besten Englisch. „Wir wurden abgeschossen. Mein Kamerad, da hinten", er zeigte mit dem Arm in Richtung Apfelbaum, „und ich haben Hunger und Durst. Wir tun ihnen nichts. Wir wollen nur leben."

„Sie sind Deutscher", stellte die Frau mit zittriger Stimme fest.

„Ich bin ein Mensch, so wie Sie auch ein Mensch sind. Können Sie mir und meinem Kamerad helfen?"

Sie schüttelte ihren Kopf und die schwarze Löwenmähne tanzte dabei fast um ihr Gesicht. „Wie stellen Sie sich das vor? Ich muss Sie melden. Wenn meine Mutter aus der Stadt kommt, was soll ich ihr sagen?"

„Sie leben hier alleine mit ihrer Mutter?"

„Ja. Aber ich wüsste nicht, was Sie das angeht."

Johannes lächelte und sah tief in ihre Augen, worauf sie errötete.

„Sie bringen mich in Verlegenheit." Nervös zupfte sie an ihrem Pullover.

„Miss, ich bitte Sie, helfen Sie mir. Ich weiß nicht, was morgen passiert, was der Krieg noch alles bringen wird. Für mich ist der Krieg beendet. Ich bin genauso wenig für das Alles verantwortlich, wie Sie."

„Ich weiß überhaupt nicht ...", sie schlug sich beide Hände vor das Gesicht.

„Miss", sagte Förster, „mein Name ist Johannes, also John. Und ich bin mindestens so verwirrt, wie Sie, das können Sie mir glauben. Vermutlich noch viel mehr, denn ich bin gestern mit meinem Flugzeug abgestürzt. Eigentlich sollte ich gar nicht hier sein, sondern in der Universität in Königsberg oder Leipzig."

„Mein Name ist Bella, also eigentlich Annabelle."
Sie schüttelte erneut den Kopf. „Sie bringen mich
ganz durcheinander."

„Das könnte ich Ihnen auch sagen." Seine Augen
versanken in den ihren und ihm wurde ganz
schwindelig.

„Wo ist ihr Freund?"

„Dort hinten beim Apfelbaum. Komm mal her
Karl!", rief Förster. Doch nichts regte sich. „Karl.
Wo bist du?"

Langsam ging er zu dem Baum, doch er konnte
seinen Kameraden nirgends finden. Offenbar hatte
Karl Tribukait das Weite gesucht. Hatte er die Ner-
ven verloren? Auf jeden Fall war er weg und Johannes Förster hat nie mehr etwas von ihm gehört.

Langsam ging er zum Haus zurück, wo Bella
noch immer unter der Türschwelle stand. Er hatte
das Gefühl, das Herz würde ihm gleich aus dem
Leib springen, er fühlte einen Schwindel und dann
gaben seine Beine nach und ihm wurde schwarz vor
Augen.

Als er wieder wach wurde, fand er sich auf einem
Sofa in einer dunklen Stube. Neben ihm saß Bella,
seine Sauer in der Hand, lächelnd.

„Da wird ja jemand wach."

„Es tut mir leid. Wie bin ich hierher gekommen?"

„Ich habe Sie hierher geschleppt. Vorher Ihnen aber die Waffe abgenommen."

„Seien Sie vorsichtig, die Waffe ist geladen."

„Ich weiß", sagte sie grinsend. „Und da sie jetzt im Land des Feindes sind, wäre es gefährlich gewesen, wenn ich Ihnen die Waffe gelassen hätte."

„Bella, ich ..." Doch er kam nicht zu Wort.

„John. Sie sind jetzt mein Gefangener", stellte sie lachend fest. „Und jetzt ziehen Sie mal ihre Uniform aus. Ich habe ein paar Sachen meines Vaters herausgesucht, die dürften passen. Und dann dürfen Sie auch etwas essen."

„Und was sagt ihr Vater dazu?"

„Leider nichts, er ist schon vor einigen Jahren gestorben. Ich lebe hier mit meiner Mutter alleine."

„Das tut mir leid."

Sie lächelte wieder und Johannes entdeckte ein Grübchen unterhalb der linken Wange. „Ich muss ziemlich verrückt sein. Aber das ist im Augenblick ziemlich einerlei."

„Was meinen Sie damit?"

„Sie ziehen sich jetzt um, dann gibt es etwas zu essen und dann sehen wir weiter. Ich kann Sie schließlich nicht bis zum Kriegsende hier verstecken. Aber ich denke, ich habe schon eine Idee."

15. Kapitel – Umzug

Es war schneller gegangen, als sie sich erhofft hatte – Lottys Haus war nach nur vier Monaten Umbauzeit saniert und der Umzug stand an. Aus dem Herzen der Stadt ins ländliche Warlingham. Seit Wochen schon hatte sie Kisten gepackt und Dinge aussortiert, die sie nicht mehr brauchen würde – von Kleidern, diversen Ersatzteilen bis hin zu allem möglichen Nippes, der sich im Laufe der Jahre angesammelt hatte. Dinge, die man nicht wegwerfen möchte, aus welchen Gründen auch immer, die allmählich vom Regalbrett in Schubläden oder irgendwelchen hintersten Winkeln verschwanden und dann in Vergessenheit gerieten.

Ein Umzug war immer eine gute Gelegenheit mit etwas abzuschließen und einen neuen Anfang zu starten. Altes, obsolet gewordenes und jede Menge Ballast konnte man zurücklassen und einfach neu durchstarten.

Für Lotty war die Zeit gekommen, dies zu tun. Die jugendliche Unverbindlichkeit abzulegen und seriös zu werden. Sie wollte zwar nicht zur langweiligen Spießerin mutieren, doch Lotty merkte, dass sich das Leben veränderte. Es bestand aus viel mehr, als unter der Woche zu arbeiten und am Wochenende das Vergnügen in Bars und Tanzlokalen zu suchen. Sie wollte auf die Wochenenden zwar nicht ganz verzichten, doch die Angst davor, so zu enden wie etliche Frauen, die sie kannte, die sich im Alter von über 50 noch auf jugendlich trimmten, ihr Heil im Alkohol suchten, gut aussehende Typen anmachten, dabei abblitzten und dann – wenn überhaupt – bei den schmierigsten und verachtenswertesten Gestalten des männlichen Geschlechts landeten, führte bei ihr zu einem Umdenken. Ihre grundbürgerliche Ader hatte sich durchgesetzt und Lotty Foster fühlte sich gut dabei.

Dass sie auf eine Hauseinweihungsparty verzichtete und statt dessen nur diejenigen zu einem Dinner einlud, die ihr tatsächlich beim Umzug geholfen hatten, passte zu ihrer neu gewählten Zurückhaltung. Und so saßen ihre Freundinnen Sharon, Louise und Emma sowie Julian und Lynn Walker, ein benachbartes Ehepaar – Lynn kannte sie schon seit Kindertagen – und der alte Jeff Boyd, ein Freund der Großeltern zusammen mit ihrer Gastgeberin um den alten Ulmenholztisch bei Königsberger Klopsen, Kartoffeln und einem Schwarzriesling aus Sharons Weingut, freilich noch nicht von ihr selbst, sondern von ihrem Vorgänger ausgebaut.

„Ich denke", sagte Lotty, „ein Gericht aus der Heimat meines Großvaters, englische Kartoffeln und dieser hervorragende Tropfen sind genau das Richtige, um das neue Kapitel meines Lebens zu beginnen", sie erhob ihr Glas, „Ich danke euch für eure Mithilfe beim Ausräumen, Umräumen, Einräumen und ganz besonders für die moralische Unterstützung, die ihr mir entgegengebracht habt."

Lotty spürte, dass sich alles zu verändern begann. Neue Menschen würden in ihr Leben treten und alte Bekannte, vielleicht sogar Freunde sich rar machen oder ganz im Nebel der Erinnerung versinken.

16. Kapitel – Gefangenschaft

Bella war sich nicht sicher, ob sie tatsächlich wach war, ob sie sich in einem Albtraum befand oder einfach die Erlebnisse der vergangenen Monate verarbeitete. Lag da tatsächlich ein deutscher Soldat bei ihr im Wohnzimmer? Hatte sie ihn wirklich ins Haus geschleppt? Das konnte doch alles nicht wahr sein. Oder doch? Ihre Gedanken fuhren Karussell und hätte sie sich nicht hingesetzt und den Kopf auf dem großen Ulmenholztisch aufgestützt, wäre sie sicherlich ohnmächtig geworden.

Was passierte da gerade? Der Feind stand vor ihrem Haus und sie verbrüderte sich mit ihm. Auf der anderen Seite, was hätte sie tun können? Die Tür wieder schließen und ins Haus zurück gehen? Vielleicht wäre der Mann dann mit Waffengewalt eingedrungen. So gefährlich sah er zwar nicht aus, aber er war der Feind und außerdem bewaffnet.

Gleichzeitig war doch offensichtlich, dass sich der fremde Soldat in einer Notlage befand. Musste man solchen Menschen nicht helfen? Aber vielleicht war es auch eine Falle. Der Deutsche sprach ziemlich gut Englisch, könnte es sein, dass er ein Spion war? Aber wieso sollte er dann gerade in einem kleinen Nest im südlichen Surrey auftauchen?

Bella wusste nicht, was sie tun sollte. Sie konnte den Mann nicht im Haus behalten bis der Krieg vorbei war – wenn er denn irgendwann zu Ende ging. Die Alliierten setzten den Deutschen und ihren Verbündeten zwar gewaltig zu, doch gewonnen war noch überhaupt nichts. Auch wenn die Amerikaner zu hunderttausenden nach England gekommen waren und irgendwann eine Invasion auf dem Festland planten. So viel jedenfalls hatte sie von ihrem Onkel Norman, einem Oberst bei der Royal Air Force, erfahren. Er war für die Luftraumüberwachung in Surrey verantwortlich.

Vielleicht ist es doch ein Spion, durchfuhr es Bella plötzlich. Nein, Spione waren keine jungen Soldaten in zerlumpter deutscher Uniform, viel eher Landsleute, die Geheimnisse an den Feind verrieten. Doch wie sollte sie jetzt weiter vorgehen? In ein paar Stunden würde ihre Mutter von der Arbeit im Krankenhaus zurückkommen. Und dann? Wenn sie sich an die Polizei oder das Militär wendete, käme der junge Mann sofort in Haft oder noch Schlimmeres könnte geschehen.

Uncle Norman musste informiert werden. Wenn ihre Mutter nach Hause kam, sollte sie gleich ihren Bruder aufsuchen. Wenn sie doch nur ein Telefon hätten.

Bella rang noch lange Zeit mit sich und den Umständen, die sich als massiv, doch unabänderlich erwiesen. Der junge deutsche Soldat lag tatsächlich in ihrem Wohnzimmer. Nachdem er sich umgezogen hatte – die Kleider ihres Vaters passten ganz gut – bat sie ihren Gast in die Küche.

„Etwas Warmes habe ich leider im Augenblick noch nicht, Lunch gibt es erst am Abend, aber Brot, Speck und Käse sollten fürs Erste wohl reichen."

„Danke", stammelte Johannes, als er den Tisch mit den Köstlichkeiten sah. Plötzlich wurde ihm bewusst, wie sehr er hungrig er war. Seit dem Frühstück des Vortages hatte er nicht mehr richtig gegessen. Eigentlich gar nicht mehr. Und die Kantinenverpflegung bei der Luftwaffe hatte in jüngster Zeit deutlich an Qualität eingebüßt. Um so mehr konnte er jetzt dieses Essen genießen. Bella hatte ein paar Eier gebraten, mit Butter, leicht gesalzen – er fühlte sich wie in einem Luxusrestaurant. Dazu gab es Tee, herrlichen schwarzen Tee, kräftig im Geschmack mit einem Schuss Milch, den Bella vorher in die Tasse gegossen hatte. Einen solch guten Tee hatte Johannes Förster noch nie getrunken.

„Woher kommen Sie denn?", wollte Bella plötzlich wissen.

„Aus Königsberg, einer Stadt in Ostpreußen. Ein schöner Landstrich, viel Getreide, Wälder, Sümpfe und Seelandschaften im Osten und natürlich das Meer."

„Und wieso sprechen Sie so gut Englisch?"

„Wir haben Schulen in Deutschland."

Bella lächelte und Hans dachte, dass die junge Frau, zumindest äußerlich gerade das Gegenteil von ihm war. Er kurzhaarig, blond mit braunen Augen, Sie mit der dunklen Löwenmähne und tiefblauen.

Beide Augenpaare trafen sich für einen unendlichen Augenblick, kamen nicht voneinander los – Hans wünschte sich, dass kein Krieg sei, niemals Krieg gewesen wäre – oder dass zumindest die Zeit stehen bliebe.

Doch sie blieb nicht stehen. Noch am Abend erschien Uncle Norman, der Oberst, im Haus seiner Schwester, die fast der Schlag getroffen hatte, als sie den jungen Deutschen in den Kleidern ihres Mannes in ihrem Haus hatte sitzen sehen. Doch sie fasste sich recht schnell und entschied, nach dem Abendessen – einem Eintopf aus Kartoffeln und Lammfleisch – ihren Bruder zu kontaktieren.

Dieser erwies sich als ziemlich pragmatisch denkend und handelnd und war für Hans überhaupt nicht mit einem deutschen Offizier zu vergleichen. Dieser englische Oberst hatte direkt etwas Menschliches. Vielleicht lag es auch an der Familie, dass er dies so empfand.

Norman, Colonel Wignall, fragte ihn nach seiner Einheit, seiner Aufgabe, dem Absturz und war bald von der Harmlosigkeit des jungen Deutschen überzeugt.

„Das bedeutet jetzt aber nicht, dass ich Sie frei lassen oder gar nach Deutschland zurückschicken kann. Sie sind ein Kriegsgefangener und als solcher werden Sie auch behandelt."

Und so gelangte Johannes Förster nach Trent Park, einem herrschaftlichen Anwesen im Norden Londons, einem Speziallager für deutsche und italienische Offiziere, die sich dort recht frei bewegen durften, allerdings waren sämtliche Räume vermint, wovon sich die Engländer Aufschlüsse über militärische Pläne der Deutschen, aber auch Informationen über deutsche Militärstandorte erhofften. Insbesondere Penemünde war von großem Interesse für die Alliierten.

Wieso ein einfacher Bordschütze dorthin gesteckt wurde, war Hans Förster nicht klar. Zusammen mit einem bayerischen Kriegsgefangenen, Herbert Moser, der angeblich als Panzersoldat in Nordafrika in Gefangenschaft geriet, sollte er einen einheimischen Gärtner, Ian Sharpe, bei der Arbeit unterstützen. Förster hatte bereits viele seltsame Dinge als Soldat erlebt, der Aufenthalt in Trent Park wirkte auf ihn äußerst verstörend und reihte sich in diese Liste nahtlos ein. Die Intensität mit der er diese Monate im Park des ehemaligen Jagdreviers erlebte, übertraf jedoch alles bisher Erlebte, was freilich auch an dem

Zeitraum lag, den er hier verbrachte. Während er in den vergangenen Monaten, seit seinem Schulabschluss, das Leben als menschenunwürdige Hetze, ständig neue Herausforderungen und die latente Todesgefahr, die jederzeit konkret werden konnte und sich oft tatsächlich als real herausstellte, wahrgenommen hatte, war dieses Erleben des Unwirklichen von dauerhafter Natur.

Förster wusste, dass die beiden Panzergeneräle, Hans-Jürgen von Arnim und Hans Cramer in Trent Park inhaftiert waren. Beide führten das Deutsche Afrikakorps, das im Mai 1943 kapitulierte. Rund 150.000 deutsche Soldaten gerieten dadurch in Kriegsgefangenschaft, nur wenige Wochen nach Stalingrad die zweite verheerende Niederlage der Wehrmacht, was dazu führte, dass alliierte Kräfte auf Sizilien landen und von Süden in Richtung Deutschland marschieren konnten.

Hiervon wusste Förster allerdings nur wenig, denn über Niederlagen und Verluste der deutschen Armee wurden die Soldaten, aber auch die Bevölkerung nur unzureichend informiert. Da war dann eher von Terroranschlägen, feigen Angriffen und dergleichen zu hören. Und von den Wunderwaffen, die schließlich den Sieg brächten. Bislang war von diesen Wunderwaffen allerdings nur wenig zu sehen und ihre Wirkung war überschaubar geblieben.

Hans Förster wusste nicht, wie er seine Situation beurteilen sollte. Warum war er nicht in einem normalen Kriegsgefangenenlager? Vielleicht hätte er dort auch Karl Tribukait oder einen anderen Kameraden wieder getroffen. Nein, er war in Trent Park, zusammen mit einem Ladeschützen eines Tigers, der ihm einerseits zutiefst unsympathisch war, zum anderen auch unglaubwürdig. Förster war sich weder sicher, ob dieser Herbert Moser jemals in einem Panzer gesessen hatte, noch ob er je in Afrika gewesen war. Ein persönliches Wort war ebenfalls nicht zu hören. Es gab zwischen den beiden jungen Männern lediglich eine knappe Kommunikation, die nicht über das absolut Notwendige hinaus ging. Förster wusste nicht, wie er so leben sollte. Auf engstem Raum mit einem Menschen, dem er nicht traute, dem nicht zu trauen war. Er zweifelte sogar dessen deutsche Staatsangehörigkeit an. War er vielleicht ein Spion, der ihn überwachen sollte? Doch welche Geheimnisse wüsste ein Bordschütze eines Bombers? Vielleicht war es aber auch nur so, dass dieser Moser lediglich übergeschnappt war. Förster hatte schon oft Kameraden erlebt, die in einer Phantasiewelt lebten, die weder wussten, wer sie sind, noch wo sie sich befinden, die in ihrer eigenen Welt lebten und sich so vom Wahnsinn des Krieges fern hielten.

Doch auch der Gärtner verhielt sich seltsam. Er redete kaum und das Wenige war nahezu unverständlich – was freilich am Dialekt des Mannes lag.

Und besonders seltsam war der Umstand, dass er und Moser in einem kleinen Gartenhäuschen untergebracht waren. Hier gab es keine anderen Gefangenen, keinen Wärter, niemand und nichts als zwei Betten, einen Holzofen, drei Stühle und einen Tisch. Die Mahlzeiten nahmen sie zusammen mit Sharpe in einem kleinen Speiseraum der Gärtnerei ein. Doch außer der Köchin, einer alten Frau namens Kate, sahen sie nie jemanden. Zumindest nicht aus der Nähe. Immerhin machte Kate einen vernünftigen Eindruck und bisweilen konnte er sich auch mit ihr unterhalten. Manchmal glaubte Förster sich in einem unwirklichen Traum doch nicht in Kriegsgefangenschaft. Dennoch wagte er es nicht, einen Ausbruchsversuch zu unternehmen. Wohin hätte er auch fliehen sollen?

Mehr als zwei Monate lang huben die drei von Hand eine Grube aus, die zu einem kleinen See werden sollte, wie Sharpe erklärte. Für den jungen Mann aus Ostpreußen war es eine sinnlose Sklavenarbeit, die nur dazu gut war, die Zeit tot zu schlagen. Irgendwann war es so weit. Der Boden der Grube wurde mit Lehm abgedichtet und schließlich mit Wasser gefüllt. Vorher hatten die drei noch am Ufer verschiedene Wasserpflanzen gepflanzt.

Den ganzen Sommer über war das Mähen des Rasens die tägliche Pflicht. Mit einem handbetriebenen Rasenmäher machten sich die Männer über das saftige Grün her und sorgten dafür, dass die dichten

Halme nur wenige Millimeter über die Grasnarbe ragten.

Der Herbst war neblig, grau und nass und bedeutete für die drei Männer das Zurückschneiden der übermäßig gewucherten Hecken, Sträucher und Büsche.

Im Winter 1944/45 legten sie einen neuen Weg im nördlichen Teil des Gartens an und das Frühjahr 45 begann erneut mit dem Mähen des Rasens.

Die einzige Abwechslung war ein besonderes Essen zu Weihnachten.

Vom weiteren Verlauf des Kriegs bekam Johannes Förster überhaupt nichts mit. Er bemerkte lediglich, dass die deutschen Bombenangriffe immer weniger wurden und dann plötzlich ganz ausblieben.

Am Morgen des 25. Mai 1945 tauchte urplötzlich Cornel Wignall im Gartenhäuschen auf und teilte ihm mit, dass der Krieg zu Ende und er frei sei. Allerdings könne er die Insel im Augenblick nicht verlassen – das Deutschland, das er kenne, gebe es nicht mehr, zur Zeit gebe es überhaupt kein Deutschland – es biete sich jedoch die Gelegenheit auf einer Farm in Dartford in Kent zu arbeiten.

17. Kapitel – Ein neues Jahr beginnt

Die Weihnachtstage verbrachte Lotty wie gewohnt bei ihren Eltern in Belgravia und wie gewohnt hatten sich auch ihr Bruder Brian mit seiner Frau Georgina aus Australien auf den Weg nach England gemacht. Georgina stammte ebenfalls aus Belgravia, eine typische Vertreterin der „Bright Young Things" – verwöhnt, flatterhaft und nicht unbedingt mit Klugheit gesegnet – und Lotty wunderte sich, wie ihr Bruder ein Leben mit solch einer einfältigen Frau führen konnte. Doch sie wusste auch, dass Männer bisweilen nur geringe Ansprüche an eine Frau stellten, und vielleicht passte das gerade deshalb so gut, weil Brian seine Ideen verwirklichen konnte während seine Partnerin den Part der traditionellen Ehefrau übernommen hatte – Küche, Kinder, Kirche – wobei die Kinder noch auf sich warten ließen.

Überraschenderweise fand Lotty an diesem Weihnachtsfest die Gegenwart ihrer Schwägerin als weniger anstrengend als in der Vergangenheit, im Gegenteil, sie konnte ihr sogar ein paar positive Aspekte abgewinnen, so dass es ihr nicht schwer fiel, die beiden am vorletzten Tag des Jahres zu einem Dinner in ihr Haus einzuladen.

Lotty hatte sich überlegt, ihren Bruder und seine Frau mit einem echt deutschen Abendessen zu verwöhnen. Es sollte Gänsebraten, den sie im Römertopf zubereitete, Kartoffelknödel und Rotkraut geben. Dazu ein Lemberger, einen fruchtigen Rotwein aus Württemberg, den Sharon ihr empfohlen hatte – wenn es denn unbedingt ein deutscher Wein sein sollte. Immerhin gab es G&T als Aperitif, denn trotz deutscher Vorfahren waren Lotty und Brian Briten und fühlten sich als Briten.

Nach dem ausgiebigen Essen saßen die drei noch lange um den alten Ulmenholztisch – eine Flasche Lagavulin half dabei, das schwere Essen zu verdauen – und Lotty erzählte ihrem Bruder vom Tagebuch des Großvaters und von den besonderen Umständen, wie er nach England gekommen war.

„Und warum kehrte er nicht nach Kriegsende wieder nach Deutschland zurück?", wollte Georgina wissen.

„Da gab es zwei Gründe", stellte Lotty fest. „Gleich nach Kriegsende war es viel zu unsicher, nach Deutschland zurück zu gehen. Und in seine Heimat konnte er ohnehin nicht mehr. Ostpreußen war verloren und von den Russen besetzt. Die Deutschen aus den Ostgebieten bis hin zur Oder wurden von der Roten Armee vertrieben. Es gab keine Heimat mehr und es dauerte bis ins Jahr 1952, bis er seine Familie – oder das was von ihr geblieben war – wieder sehen konnte." Lotty nippte an ihrem Glas, während ihr Bruder und seine Frau interessiert zuhörten. „Der Vater, also unser Urgroßvater wurde auf der Flucht von den Russen erschossen, ein Teil der Familie ertrank beim Untergang der Wilhelm Gustloff, die kleinste Schwester von Großvater ist auf der Flucht erfroren..." Lotty hielt inne und schloss die Augen. „Das war eine schlimme Zeit. Unsere Urgroßmutter, Onkel Walter und Tante Inge waren die einzigen Überlebenden des Kriegs. Sie strandeten nach einer langen Odyssee schließlich in einem kleinen Dorf in Bayern, also im Süden der Bundesrepublik."

„Und der zweite Grund war?"

„Das kannst du dir wohl denken, mein lieber Bruder."

„Grandma."

„Genau. Nach der Zeit in Trent Park, als ganz offensichtlich Uncle Norman seine schützende Hand über ihm ausgestreckt hatte, sorgte er auch dafür, dass Grandpa einen Job bei diesem Farmer in Kent bekam und zufälligerweise arbeitete Grandma nur ein paar Meilen entfernt in einem Heim für Kriegsversehrte." Sie grinste.

„Der gute alte Uncle Norman als Kuppler", stellte Brian fest.

„So ungefähr hat das ausgesehen. Und wie die Zeiten nun mal waren, war ein Zusammenleben von Mann und Frau nicht ganz so einfach, oder besser ausgedrückt: Es war nicht möglich."

„Sie mussten aber nicht heiraten?", fragte Georgina.

Lotty schüttelte den Kopf. „Unser Vater wurde erst im Jahr 1955 geboren. Doch die beiden wollten einfach zusammen sein und da blieb nur die Hochzeit als Ausweg. Für Grandpa war es doch die einzig sinnvolle Option. Nach Deutschland wollte oder konnte er nicht, er liebte Grandma, da war eine Hochzeit naheliegend."

„Gab es da keine Widerstände? Den Feind im eigenen Haus?"

„Ich weiß es nicht, Georgina. Groß können sie nicht gewesen sein. Es gab viele Deutsche, die nach dem Krieg hier geblieben sind. Ihr erinnert euch doch bestimmt an Traut the Kraut?"

„Wer soll den das sein?", Brian wusste es nicht.

Jetzt war es an seiner Frau, ein Grinsen aufzusetzen. „Bert Trautmann war einer der besten Fußballtorhüter der Welt. Er spielte in mehr als 500 Spielen für Manchester City und war 1956 sogar Fußballer des Jahres. Er war ein deutscher Fallschirmjäger, der nach dem Ende seiner Gefangenschaft in England geblieben ist, genau so, wie euer Großvater", sagte sie strahlend.

Lotty fand plötzlich, dass ihre Schwägerin doch ganz sympathisch sei, denn wer sich beim Fußball auskannte, war dies in jedem Fall.

„Jedenfalls", fuhr Lotty dann fort, „fühlte sich Grandpa hier wohl und heiratete Grandma zu Ostern 1946."

„Und dann?"

Lotty betrachtete ihr Whiskyglas, stellte fest, dass es leer war, nahm die Flasche und goss einen Schuss der bernsteinfarbenen Flüssigkeit nach. „Dann ging es zunächst in beengten Verhältnissen weiter. Grandma zog zu Grandpa in dessen Zimmer in der Farm, und beide arbeiteten weiter, als Krankenschwester beziehungsweise als billiger Knecht. Und irgendwie gelangte Grandpa dann zu dem Job bei der Royal Mail."

„Als Briefträger?"

„Nein, mein Liebes", antwortete Brian. „Unser Großvater war in der Verwaltung. Was er dort genau gemacht hat, weiß ich nicht, denn als ich geboren wurde, war er bereits im Ruhestand oder jedenfalls kurz davor. Auf jeden Fall hatte er dort etwas zu sagen."

„So ganz geht das auch nicht aus dem Tagebuch hervor. Aber im April 1954 kauften sie dieses Haus von einer Familie, die nach Leeds zog."

„Wer zieht denn schon freiwillig nach Yorkshire?"

„Keine Ahnung, Georgina", antwortete Lotty lachend, „vielleicht wurden sie dazu gezwungen."

„Was mich wundert", Brian legte den Kopf in den Nacken, „wieso hatte er keinen Kontakt mehr zu seiner Familie in Deutschland?"

Lotty rieb sich nachdenklich die Nase. „Nachdem unsere Urgroßmutter gestorben war, ist der Kontakt abgebrochen. Das war schon 1956. Und auch vorher war das Verhältnis ziemlich belastet. Sein Bruder Walter warf ihm Fahnenflucht vor und konnte ihm weder verzeihen, dass er in England geblieben war und schon gar nicht, dass er eine Engländerin geheiratet hatte. Und Tante Inge schlug sich, warum auch immer, auf Walters Seite. Erst nachdem Walter an einem schönen Sommertag im Jahr 1985, zu Grandpas 60. Geburtstag unverhofft in Warlingham auftauchte, normalisierte sich das Verhältnis wieder."

Brian nickte. „Muss so sein, denn als wir Kinder waren, kamen Onkel Walter und seine Brigitte, sowie Tante Inge und dieser seltsame Horst regelmäßig zu Besuch."

„Hm. Und auch Grandpa traute sich wieder über den Kanal."

„Hat er auch seine Heimat in Ostpreußen wieder besucht", fragte Georgina. „Also nach 1990?"

„Ich glaube, die drei Geschwister waren in den 90er Jahren einmal dort. Aber darüber sagt das Tagebuch nichts mehr. Ich kann mich aber erinnern, dass Dad sie begleitet hat." Sie nickte. „Das war 1996 oder 1997."

„Und?"

„Was und?"

„Na ja, wie war das für euren Großvater und Vater?"

„Kann ich nicht sagen", antwortete Brian. „Wir müssen Dad mal fragen."

Sie schafften es nicht mehr ganz, den Lagavulin zu leeren, was auch gar nicht ihre Absicht war. Doch die Unterhaltung dauerte noch bis in die frühen Morgenstunden.

Den Silvesterabend und den Beginn des neuen Jahres wollte Lotty in aller Ruhe in ihrem neuen Haus verbringen und hatte sich bei allen Partys, zu denen sie eingeladen war, entschuldigt. Brian und Georgina hatten sich in irgend ein Getümmel in Kensington geworfen. Sharon hatte versprochen, vielleicht noch vorbei zu schauen, also im Prinzip gesagt, sie käme nicht. So hatte sich Sharon auf einen ruhigen Abend vor dem Fernseher mit Chips und Rotwein eingestellt.

Doch um halb 10 Uhr stand Sharon unverhofft vor der Tür.

„Welch seltener Gast. Komm rein", bat Lotty die Freundin.

Diese steuerte gezielt auf den Wohnzimmerschrank zu, öffnete eine Klapptüre und holte ein Weinglas heraus. Dann setzte sie sich auf Lottys Sofa, begutachtete die Weinflasche und goss sich ein. „Geht so, für den Jahresabschluss."

„Geht so, das ist ein ungarischer Pinot Noir, Geheimtipp meiner Freundin."

„Eben, sag ich doch."

Sie unterhielten sich zunächst über allerlei Neuigkeiten und Nebensächlichkeiten, als Sharon plötzlich fragte: „Und wie sieht es jetzt aus mit deinem Polizisten?"

Lotty merkte, dass sie rot wurde, wie ein Teenager. „Morgen Abend", sagte sie knapp.

Sharon nickte. „Gut", antwortete sie ebenso einsilbig. „Wo?"

„Geht dich nichts an. Nicht dass du mir mein Date versaust und plötzlich am Nebentisch sitzt. Ich kenn dich doch."

Sharon grinste.

Lotty hatte vor ein paar Wochen tatsächlich den Mut gefasst, nach Steve Harris zu fragen. Und so rief sie bei der Polizei in Devon und Cornwall an, nachdem sie feststellte, dass seine alte Handynummer nicht mehr gültig war. Dort teilte man ihr mit, dass Steve nicht mehr im Südwesten sei, sondern zur Surrey Police gewechselt habe, wo er als Detective Inspector zum Leiter des CID, also der Kriminalpolizei, in Caterham aufgestiegen sei.

Caterham! Also war er für den Tandrigde District, demnach auch für Warlingham zuständig. So viel Zufall konnte es doch gar nicht geben. War es ein Wink des Schicksals? Einerlei.

Sie fasste sich allen Mut und rief auf dem dortigen Polizeirevier an und ließ sich mit Steve verbinden.

Dem wäre fast der Hörer aus der Hand gefallen und er versuchte auch gar nicht seine Freude zu verbergen.

Und so war Lotty letztlich froh, dass Sharon zu ihr gekommen war und ihr dabei half – mit nur wenig Alkohol – die Silvesternacht und den 1. Januar zu überbrücken.

Hypernervös aber pünktlich um 19:00 Uhr betrat Lotty Foster dann Thanh's Bistro in Croydon, eines der besten, wenn nicht sogar das beste vietnamesische Restaurant im Süden von London.

Steve Harris saß bereits an dem reservierten Tisch und lächelte sie an, als er sie sah.

Schlussbemerkung

Dass diese Erzählung nun vor Ihnen liegt, liebe Leserin, lieber Leser, ist eigentlich dem Zufall und hauptsächlich meiner Frau Petra zu verdanken. Vor einigen Jahren wollte ich bereits eine Geschichte fernab aller Kriminalromane schreiben und begann mit dem Manuskript. Allerdings bin ich nicht weit damit gekommen und die Zeilen verschwanden zunächst einmal in der Versenkung, also in der hintersten Ecke der Festplatte meines Computers.

Einige Zeit später verwendete ich diese im Cornwall-Ripper und erweiterte die Idee um die Geschichte mit dem Großvater. Dabei kam mir der Gedanke daraus ein eigenständiges Buch zu machen. Nach Abschluss des Krimis brachte ich dann tatsächlich die Energie auf, die Erzählung voran zu treiben, jedoch lag dabei der Fokus auf den Kriegsereignissen. Und irgendwann gab es ein fragmentarisches Manuskript, das sich irgendwo im Zeittunnel zwischen 1944 und 2018 verlaufen hatte.

Als ich im Sommer 2018 Ideen für ein neues Buch sammelte, stieß ich abermals auf Lotty und ihren Großvater und beschloss, dessen Geschichte als Hintergrund für einen neuen Krimi zu verwenden, was wiederum meine Frau für keine gute Idee hielt und mich darin bestärkte, die Geschichte von Lotty zu Ende zu erzählen. Und so saß ich dann in der diesjährigen Sommerhitze auf der schattigen Terrasse bei dem einen oder anderen Glas provenzalischen Weißweins, das Notebook vor mir aufgeklappt, die Geschichte neu zu ordnen, zu ergänzen und die vorhandenen Lücken zu schließen.

Ein besonderer Dank gilt allen, die zum Gelingen dieses Buches beigetragen haben, insbesondere Ina Fischer, die einen kritischen Blick auf die Zeilen geworfen hat und natürlich meinem Hund, Duke, der in stoischer Ruhe neben mir liegt, während ich diese Zeilen schreibe.

Über den Autor

Ralf Göhrig, Jahrgang 1967, stammt aus dem Kleinen Odenwald, östlich von Heidelberg und arbeitet seit mehr als 25 Jahren als Forstbeamter in Jestetten am Hochrhein. Nach mehreren Kriminalromanen und einem Gedichtband folgte mit „Geschenk des Himmels" ein historischer Roman. Mit der nun vorliegenden Erzählung „Lotty" begibt sich der Autor abermals in die jüngere Vergangenheit.

Zeitfracht Medien GmbH
Ferdinand-Jühlke-Straße 7
99095 Erfurt, Deutschland
produktsicherheit@kolibri360.de